MEISTENS SIND WIR EINFACH SOSO LALALALA
Des Verwicklungsromans elfter Teil

Gefördert von der Kulturabteilung der Stadt Wien, Literatur
und vom ≡ **Bundeskanzleramt**
KUNST | KULTUR

MEISTENS SIND WIR EINFACH SOSO LALALALA
© Ilse Kilic Fritz Widhalm
© der Fotos im Mittelteil sowie Umschlagfotos Gerda und Helmut Schill
edition ch, 2019
Reznicekgasse 16/6, 1090 Wien

Herstellung: Riegelnik, Piaristengasse 17-19, 1080 Wien

ISBN: 978-3-901015-70-0

MEISTENS SIND WIR EINFACH SOSO LALALALA
Des Verwicklungsromans elfter Teil

Ilse Kilic Fritz Widhalm

Tausend Zaubereien

Ei, zarte Suenden bau: reizende Tauben aus Zundertau. Eine Base aus Reizdaunen bete an. Zuende Staubeier aus, in Zaubertee. Den Zebus traue an deine Busenzierde. Taue an Eisabenden Azur. Tue in den Zaubertausee tausend Zaubereien.

Unica Zürn

660) ein kleiner ausrutscher, grinst der naz. ja, inzwischen kann der naz wieder dumm grinsen, da dieser kleine ausrutscher bereits drei monate zurückliegt. der ausrutscher geschah im monat jänner des jahres 2017, als die jana und der naz im schönen altaussee auf winterfrische waren. die temperatur war der jahreszeit entsprechend kalt, es lag schnee, und auf den wanderwegen lauerte unter dem zum schutz gegen kleine ausrutscher gestreuten sand das glatteis. die jana und der naz wanderten bestens gelaunt den fluss traun entlang, die jana meist vorsichtshalber im tiefschnee am rand des weges, und der naz übermütig in der mitte. ja, der naz tänzelte fröhlich über sand und eis und fand die vorsicht der jana zum lachen und dumme sprüche machen.
und dann passierte er, der kleine ausrutscher.
die füße des naz entfernten sich vom boden, einen kurzen moment lang befand sich der ganze naz in der luft, dann krachte er unsanft auf die erde zurück und: *autsch*. der übermütige naz schnappte verzweifelt nach luft, und die rasch durch den tiefschnee herbeigeeilte jana rief mit dem handy nach der rettung. der naz wurde ins krankenhaus bad aussee gebracht, wo sich beim röntgen herausstellte, dass er sich sechs rippen gebrochen hatte. die lunge war zum glück nicht verletzt worden. der naz musste eine woche im krankenhaus verbringen, bekam eine menge infusionen gegen die anfänglich äußerst unangenehmen schmerzen und: *autsch*. auch der aufenthalt der jana im winterlichen salzkammergut verlängerte sich durch diesen kleinen ausrutscher um ein paar tage, doch sie wurde nicht so recht froh darüber.
im krankenhaus wurde auch täglich morgens der blutdruck des naz kontrolliert und siehe da, er stieg. diesen ungesunden anstieg führten die ärzte und ärztinnen zwar auf die schmerzen sowie auf die schmerzmittel zurück, empfahlen dem naz aber ein blutdruckmessgerät, damit er auch zuhause kontrollieren

könne. der blutdruck sollte sich nach dem absetzen der starken schmerzmittel wieder normalisieren, sagten die ärzte und ärztinnen, sonst müsste man etwas unternehmen.
der blutdruck des naz normalisierte sich in der tat bald wieder. aber leider ist nun der blutdruck der jana hoch.
huch. der naz hat richtiggehend schuldgefühle, da die jana nun seit seinem kleinen ausrutscher blutdrucksenkende medikamente schlucken muss. der blutdruck der jana hatte sich bisher immer als eher niedrig erwiesen, nun war er huch, nein, hoch. hm, macht der naz, hm hm hm, schmerzen können den blutdruck erhöhen, schmerzmittel auch, wahrscheinlich auch noch viele andere arzneimittel, aber mein kleiner ausrutscher? der naz kratzt sich ungläubig hinterm linken ohr. auch wenn man liest, dass eine milliarde von den zirka sieben milliarden menschen auf der erde von unterernährung betroffen ist und dass ein grund für den hunger die börsenspekulation mit grundnahrungsmitteln ist, kann das den blutdruck ziemlich hochtreiben, aber doch nicht so ein kleiner ausrutscher.
den kriegen wir schon wieder runter, sagt der naz und gibt seiner jana einen beruhigenden kuss.

661) **liebe leser und leserinnen**, ihr befindet euch hier im elften teil des verwicklungsromans von ilse kilic und fritz widhalm. die hauptfiguren dieses *work in progress* sind die jana und der naz, wie ihr wahrscheinlich bereits bemerkt habt. die beiden leben zusammen im achten wiener gemeindebezirk und verwickeln sich manchmal auch als janaz in diesem werk. fritz widhalm ist das pseudonym des naz, *ein* pseudonym besser gesagt, denn manchmal verwendet der naz auch andere pseudonyme. ilse kilic ist die heimliche oder unheimliche zwillingsschwester der jana. alles klar?
fritz widhalm hat diesen elften teil des verwicklungsromans drei monate nach dem kleinen ausrutscher des naz zu schreiben be-

gonnen, also im april 2017. chronologisch befindet sich das werk zur zeit am ende der achtziger jahre, aber ein verwicklungsroman hat nun mal nicht nur einen strang, sondern viele, wie das leben auch. manchmal dreht sich mein kopf in den siebziger jahren, meine hände rudern in den achtziger jahren und meine füße rutschen im jahr 2017 auf glatteis, sagt der naz.
so weit, so gut. mit diesem kapitel begrüßen die jana und der naz sowie ilse kilic und fritz widhalm jene leser und leserinnen, die das universum verwicklungsroman hier zum ersten mal betreten. okay, sagt der naz, zum abschluss dieses kapitels noch ein kleines zitat, wir lieben doch zitate, oder etwa nicht?
ich habe gezeichnet wie verrückt, damit ich, wenn meine augen nichts mehr sehen, alles in den fingerspitzen habe.
sehr schön, wer hat das gesagt? die französische malerin suzanne valadon, sagt der naz.

662) **damit aber auch wirklich alles sonnenklar wird** für die neu hinzugekommen leser und leserinnen, sei an dieser stelle kurz erklärt, um was es bei einem verwicklungsroman geht. die jana runzelt die stirne und sucht nach einer erklärung. ja, also, hier schreiben ilse kilic und fritz widhalm die geschichte der jana und des naz. letztere sind irgendwie teilidentisch mit ilse kilic und fritz widhalm, weswegen man eigentlich sagen könnte, dass ilse und fritz teilweise ihre eigene geschichte niederschreiben, die
erstens) deutliche überschneidungen mit der geschichte der jana und des naz aufweist,
zweitens) ein stück zeitgeschichte enthält, etwa indem sie das prekäre leben als zum beispiel schriftsteller*in veranschaulicht, wobei real existierende wirklichkeiten wie personen, vereine, veranstaltungen oder örtlichkeiten auftreten, und
drittens) in direktem zusammenhang steht zur zukunft, die zur gegenwart wird sowie zur gegenwart, die zur vergangenheit

wird, weswegen dieser verwicklungsroman sich ständig wild hüpfend durch raum und zeit bewegt.
ja genau, das herz klopft in den achtziger jahren, die knie schlottern zum jahrtausendwechsel und die rippen des naz verheilen langsam und gemächlich in der ersten hälfte des jahres 2017.
ja genau, der blutdruck der jana war in den achtziger jahren niedrig. der blutdruck der jana war zum jahrtausendwechsel niedrig. der blutdruck der jana ist im jahr 2017 dank blutdrucksenkender tabletten wiederum niedrig, was aber nicht ganz so nett ist wie der medikamentenfrei und einfach ganz normal niedrige blutdruck zum jahrtausendwechsel.
punktum.
hm, überlegt der naz, die jana und der naz sind die jana und der naz, also sozusagen mein liebling und ich. ilse und fritz sind autorin und autor dieses *work in progress* sowie auch anderer literarischer werke, die alle höchst interessant sind, schmunzelt der naz vergnügt. ilse ist wie gesagt die heimliche oder unheimliche zwillingsschwester der jana. wie heimlich oder unheimlich diese zwillingsschwester ist, kann man in ilse kilics büchern *als ich einmal zwei war* und *die rückkehr der heimlichen zwei* nachlesen. höchst interessant, nickt der naz, höchst interessant. fritz ist schlicht und einfach das pseudonym des naz, das sowohl für seine künstlerische tätigkeit als auch im alltag verwendung findet. der naz ist also für viele menschen schlicht und einfach fritz, obwohl er das in wirklichkeit natürlich nicht ist.
schlicht und einfach, sagt der naz, der verwicklungsroman ist ein gutes buch.

663) **das jahr 1988 war ein gutes jahr für uns**, sagt die jana. das jahr 1988 war das dreißigste jahr im leben der jana und natürlich war das jahr 1988 nicht *nur* ein gutes jahr, aber insgesamt: ja, doch. keine katastrophen, keine schlimmen krank-

heiten, vielleicht ein paar streitereien mit dem herzallerliebsten
naz. ja, das kann sein. möglicherweise gab es auch ein paar
kränkungen, weil herzallerliebste freunde und freundinnen die
literarischen bemühungen und erfolge nicht so recht wahrneh-
men oder gar ernstnehmen wollten. ja, das kann sein.
ja, das war so.
genaugenommen stand manch freundin und freund der schrift-
stellerischen arbeit der jana mit einer gewissen wohlwollenden
skepsis gegenüber, bei der die jana das wohlwollen schwer erkennen und die skepsis nicht verstehen konnte. hatte es nicht
immer für wichtig gegolten, dass mehr frauen den mut fassen,
künstlerisch tätig zu sein? war es nicht ein teil der politischen
tätigkeit, kunstmachen ernst zu nehmen und doch nicht in die
erfolgsfalle zu tappen, die den wert der kunst nach marktprä-
senz und preis bemisst? stand nicht ein demokratisches miteinander von künstlern und künstlerinnen im vordergrund? die jana
widmete projekten der zusammenarbeit viel liebe und herzens-
wärme, doch plötzlich sah sie sich mit den fragen konfrontiert,
ob
erstens) die kunst wichtig genug sei, um dafür geld zu bezahlen,
zweitens) die kunst überhaupt wichtig sei,
drittens) die jana sich schlicht und einfach ein bequemes leben
machen und *nur* tun wolle, was ihr spaß macht, was den meisten menschen mitnichten vergönnt sei, und
viertens) die jana überhaupt etwas von allgemeinem interesse
und von politischer bedeutung zuwege bringe.
die jana schluckte kurz und gelegentlich auch etwas länger und
durchaus mehrmals. wieso waren frage *erstens)* und frage *zweitens)* nicht früher aufgetaucht, zum beispiel, wenn man ins kino
ging oder zu einem konzert, wenn man sich eine platte von patti
smith kaufte oder ein buch von kathy acker, von elfriede gerstl
oder von christa reinig?
die frage *drittens)*, nämlich die nach dem *sich einfach ein be-*

quemes leben machen war ebenfalls wie aus heiterem himmel erst zu dem zeitpunkt aufgetaucht, als die jana sich vermehrt literarisch und innerhalb der stürmischen punkband das fröhliche wohnzimmer künstlerisch betätigte. das leben als künstlerin ist nicht bequem, knurrte die jana meist verdrossen in ihren damals noch kaum vorhandenen bart und schämte sich, wenn freund*innen ein vormittägliches telefonat mit der gar nicht freundlich klingenden frage eröffneten, ob man sie etwa aufgeweckt hätte, sie also noch geschlafen hätte, während sie, die freund*innen, bereits stunden an der uni oder in einer werktätigkeit, einem praktikum oder einem politischen arbeitskreis verbrachten. nein, das leben als künstlerin ist ganz und gar nicht bequem, knurrt die jana auch heute in ihren mittlerweile etwas kräftiger sprießenden bart. natürlich ist es auch ein glück, das, was man gerne tut zu seinem beruf, zu seiner richtigen beschäftigung[x] machen zu können, wobei dieser weg damals allerdings auch den freund*innen mehrheitlich offen stand, wenngleich er natürlich nicht jedem menschen in gleicher weise offen steht.

die frage *viertens)* war eine nach janas künstlerischen fähigkeiten. ja, wie waren diese einzuschätzen? wenn die ganz normale freundin, mit der man abends beim bier oder wein saß, sich daran machte, kunst zu schaffen, hieß das denn nun, es konnte wirklich eine jede und ein jeder diesen schritt gehen? ja, was hielt eine oder einen selber davon ab? wieso gerade die jana und nicht eine andere aus dem kreis der freunde und freundinnen, der studienkolleginnen und studienkollegen?

die jana war stur, aber auch verunsichert.

---

[x] vgl. gertrude stein: *was mich nun aber interessiert ist nicht, dass man neben seiner richtigen beschäftigung etwas wirklich gern hat, sondern dass man seine richtige beschäftigung wirklich gern hat. dass man aus dem wirklich gern haben seine richtige beschäftigung macht.* (zitiert nach eva meyer: *tischgesellschaft*, stroemfeld 1995.)

die jana war verunsichert, aber auch stur. zugleich entstanden texte, songs und projekte, allein und mit anderen, es wurden ideen ausgetauscht und diskutiert und, ja, geschimpft und gejammert wurde auch ordentlich, weil es eben gar nicht so leicht war, in dieser welt der kunst und literatur
erstens) sich herum- oder umherzutreiben,
zweitens) einen platz zu finden, der mehr ermöglichte, als auf den zehen eines anderen künstlers, einer anderen künstlerin zu stehen, während vielleicht wieder eine andere künstlerin bereits auf den eigenen zehen stand^x, und
drittens) ein bisschen geld zu verdienen, um nicht allzu oft so genannte nebenjobs annehmen zu müssen.
die jana hat diese abende mit werdenden und gewordenen künstler*innen in guter erinnerung. ob es allerdings stimmt, was die damalige und auch heutige kollegin christine huber neulich berichtete, weiß die jana nicht mehr, nämlich, dass schon die damalige jana dazu neigte, mit zündhölzern in ihren ohren zu bohren. die leidenschaft, in den ohren zu bohren, ist allerdings eine, daran besteht für die jana kein zweifel, von der gründlich abzuraten ist. liebe leserinnen und leser bohrt niemals mit zündhölzern oder anderen gegenständen in euren ohren.

664) **das jahr 1988 war das jahr**, sagt der naz, das jahr, in dem mein erstes buch erschien. wow. es trägt den schönen titel

---

^xjedoch stellt der versuch, gegenseitiges auf die *zehen* steigen zu vermeiden nicht in zweifel, dass wir alle, die wir uns mit der herstellung von kunst befassen, in gewisser weise auf den *schultern* anderer künstler und künstlerinnen stehen und andere künstlerinnen und künstler hoffentlich auf unseren schultern stehen werden, jedenfalls wenn sich die welt noch eine weile weiterdreht. wobei das stehen auf fremden schultern in erster linie bedeutet, dass man das werk der künstlerin oder des künstlers zu einem teil des eigenen denkens und *er*lebens gemacht hat. so begreift man, dass man nicht und niemals alleine ist im bemühen, durch kunst ein stück verständnis für die problematik der eigenen und jeder möglichen existenz zu gewinnen.

gaisberggefühl und erschien in der herbstpresse. verlegt bei werner herbst in wien, steht darin zu lesen. eigentlich wollte der naz das buch *gaisberGefühl* nennen, doch werner herbst fand *gaisberggefühl* besser, also wurde nicht lang gefackelt, der naz und der werner prosteten sich zu und nannten das buch *gaisberggefühl*. gaisberg hieß der kleine ort, in dem der naz geboren wurde und die ersten jahre seiner kindheit verbrachte. gaisberg elf war sein geburtshaus, doch gaisberg elf wurde inzwischen abgerissen und gaisberg in die gemeinde purgstall eingemeindet. es ist, als ob ich nie geboren wäre, lacht der naz. die vierzig gedichte im buch beschäftigen sich zwar nicht mit dem örtchen gaisberg, doch durchaus mit dem landleben. meinem hinter mir gelassenen landleben, sagt der naz.
> den
> grünsten hügel
> dämmerigen die schlafzimmer
> angenehm.

gegenübergestellt sind den gedichten holzschnitte von geri wulz, der zahlreiche bücher der herbstpresse mit seiner kunst bereicherte, später dann auch unter dem namen anton manabe, wobei manabe kein pseudonym ist, sondern der name seiner frau, den er bei der heirat übernahm. anton und seine frau chie leben heutzutage in japan, werner herbst ist mit fünfundsechzig jahren verstorben und die herbstpresse ist geschichte, literaturgeschichte.
> als
> ich dem
> leberkäs entfallen zerr,
> selbstverstände
> hund halbseidener.

gaisberggefühl ist mir heutzutage fern, sagt der naz, so fern, dass ich es nicht mehr mit meiner person in verbindung bringe, obwohl mir einige der gedichte noch immer freude bereiten.

im jahr 1988 waren die jana und der naz bereits mitglieder in der grazer autorinnen autorenversammlung. mit anderen jungen mitgliedern überlegten sie auch fleißig, wie man aus der versammlung, die eine durchaus gute war, eine noch bessere machen könnte.
privilegienabbau, schmunzelt die jana.
transparenz, schmunzelt der naz.
umverteilung, schmunzelten die jana und der naz.
die jana und der naz wollten bewirken, dass die versammlung, in der sie sich versammelten, eine durch und durch gerechte werde. durch und durch, lacht der naz, durch und durch gibt es nicht, deshalb muss immer wieder aufs neue ver- und nachgebessert sowie neu durchdacht werden, durch und durch neu gedacht werden. die jana arbeitete damals halbtags im büro der grazer autorinnen autorenversammlung.
natürlich waren die jana und der naz 1988 auch in ihrer einsambucht in griechenland. die jana notierte handschriftlich in ihr tagebuch: *remember greece / meeres wellen felsen neben felsen / dem hellen grellen gelben entgegenleben / eben / lesen reden essen / gegen des meeres wellen rege bewegen / seele schwebend / reste klebend / des verwegenen herzen sehnen / erregende welt des / begehrens / kehlenetzende gepresste reben / kekse schmecken der schmecknerven wegen / meereslebewesen sehen / ferne welten denken / gerne.*
(beautiful)
wir da winzigort + bucht / romantisch tag + nacht / mond + sonnenlicht / nicht sand noch gras um uns / natürlich origano + kaktus / hungrig + durstig / ouzo + octopus / ohne uns stammlokal still? / das lipogramm! was fällt? gruß ils + fritz.
die tagebuchseite wird noch von einem großen runden janakopf vervollständigt. an wen sich wohl die frage richtet, ob ohne uns das stammlokal still ist? mit stammlokal wird wohl das café merkur im achten wiener gemeindebezirk gemeint sein. ob die

jana damals an lipogrammen arbeitete oder ob sie gerade *anton voyls fortgang*, also die übertragung von georges perecs e-losem roman *la disparition* ins deutsche durch eugen helmlé, gelesen hat? hmmm, der tagebucheintrag ist jedenfalls ein lipogramm, falls es jemand nicht bemerkt haben sollte, schmunzelt der naz. nur das wort *beautiful* fällt raus, aber das steht ja auch in klammer und bildet eine klammer von *nur e* zu *ohne e*, alles klar?
alles klar, sagt die jana, das heißt, eigentlich nur fast alles. die jana betrachtet ihr tagebuch als verschlüsselt und geht daher davon aus, dass sich auf dieser seite geheime botschaften verstecken. diese sind allerdings gut versteckt und lassen sich auch von der jana selbst nicht mehr entdecken. ob 1988 das jahr war, in dem sie begann, sich mit regelwerken wie etwa dem lipogramm zu befassen, weiß sie nicht mehr. ein blick in die liste der gelesenen bücher ergibt, dass es durchaus möglich sein könnte, dass sie 1988 das buch *anton voyls fortgang* von georges perec gelesen hat, da es 1986 in der deutschen übertragung von eugen helmlé erschienen ist. ein hinweis darauf könnte sein, dass das in janas liste der gelesenen bücher unmittelbar darauf folgende buch mit dem titel *über frauenleben, männerwelt und wissenschaft* im jahr 1987 erschienen ist, also durchaus 1988 gelesen worden sein könnte. aber schon auf der nächsten seite der buchliste findet sich ein buch von friederike mayröcker mit dem titel *das herzzerreißende der dinge*, welches erst 1990 erschienen ist, und da stellt sich die frage, ob die liste der jana zeitmäßig durcheinander geraten ist oder ob die jana von 1988 bis 1990 kein buch gelesen oder eingetragen hat. oh, diese jana, diese schlampige und nachlässige jana. vielleicht, die jana kratzt sich am kopf, hätte diese durchaus nicht uninteressante liste aller bücher, die ich in den letzten dreiunddreißig jahren gelesen habe, noch mehr sinn, wenn meine leseerfahrungen von anfang an zeitlich verortet wären. später, also ab 1993, sind die bücher dann den jeweiligen lesejahren zugeordnet. doppelt gelesene

bücher habe ich später gelöscht und meine notizen darüber zusammengeführt, was natürlich die chronologie auch ein wenig durcheinanderbringt. die jana zieht die augenbrauen hoch. aber okay, liste ist liste, und
eine perfekt organisierte liste gibt es nicht.
erst neulich fanden sich in einer schreibtischlade der jana einige buchlistenseiten auf papier, die schriftart legt nahe, dass diese seiten aus der elektrischen schreibmaschine stammen, jedenfalls aber fanden sich diese seiten nicht in der angelegten computerdatei mit dem schönen namen *gelesene bücher gesamt*, indes die jana doch der meinung war, die gesamte liste einst in den computer eingetippt zu haben.
tja. eine perfekte liste gibt es eben nicht.
die jana überlegt, ob sie diese auf papier festgehaltenen einträge über gelesene bücher der computerdatei hinzufügen soll und, wenn ja, an welcher stelle.
nein, eine perfekte liste gibt es eben nicht.
natürlich ist es grundsätzlich möglich, sich der listenperfektion anzunähern, es ist aber so gut wie unmöglich, diese zu erreichen, da diese sich vor allem in der vorstellung des listenschreibenden menschen befindet und dort zahlreichen wandlungen ausgesetzt ist, wandlungen, die eine flexibilität fordern, der die echte liste mitnichten gewachsen ist, meistens jedenfalls nicht.
aber lassen wir das, lassen wir das.
listen haben eine tendenz, die mit ihnen befassten menschen nervös zu machen, was wiederum absurd ist, da sie eigentlich der beruhigung dienen wollen, also lassen wir das, lassen wir das.
der naz hat nie tagebuch geschrieben, weswegen er manchmal einen blick in die tagebücher der jana wirft, um seinem gedächtnis auf die sprünge zu helfen. an und für sich ist das gedächtnis des naz ein gutes gedächtnis, obwohl es nicht immer mit den eintragungen in den tagebüchern der jana übereinstimmt, was

bedeuten kann, dass entweder das gedächtnis des naz von der vergangenen wirklichkeit abweicht oder die tagebücher der jana. oder beides, schmunzelt der naz, wie auch dieses, verwicklungsroman genannte, *work in progress* immer wieder von der wirklichkeit abweicht und die wirklichkeit dadurch noch genauer zur darstellung bringt, genauer als die wirklichkeit genaugenommen sein kann. schwupps.
die jana und der naz werden 1988 wohl auch hin und wieder gestritten haben, ja, das tun die jana und der naz auch heutzutage noch, es gibt eben hin und wiedermal durchaus einen grund, sich in die haare zu kriegen. die meiste zeit werden die beiden aber 1988 mit haben und gehabt haben verbracht haben, schmunzelt der naz, das haben und gehabt haben mit der jana war anno dazumals noch relativ neu und es gab dabei noch vieles zu entdecken. auch das haben und gehabt haben betreiben die beiden noch heutzutage, ja, und ab und zu gibt es auch dabei noch ein richtiges aha-erlebnis. schluss für heute, sagt der naz, der lust auf eine zigarette verspürt, aber keine zigarette hat, da sie die jana mitgenommen und ihm nur eine für den nachmittag dagelassen hat. du rauchst zu viel, pflegt die jana des öfteren zu sagen, ja, die jana achtet durchaus auf die gesundheit des naz.
rauchen erhöht das risiko zu erblinden.
ob es auch mit der zunehmenden schwerhörigkeit des naz im zusammenhang steht? aber lassen wir das, lassen wir das.

665) **ein buch**, mein buch, überzeugte auch skeptische freunde und freundinnen, sagt der naz, ein bisschen zumindest, ein buch macht eindruck, auch wenn man nicht vorhat es zu lesen.
der naz war gerade mit der jana im caféhaus und hat einen häferlkaffee und einen marmorguglhupf zu sich genommen, was soviel bedeutet wie, der naz hat momentan eine laune, die durchaus als gute laune bezeichnet werden kann. schon ein wort wie

guglhupf kann die laune des naz in eine gute verwandeln.
guglhupf, schmunzelt der naz.
buch, sagten die freunde und freundinnen lobend, ein richtiges buch bei einem richtigen verlag. wow. herbstpresse, sagten die freunde und freundinnen, noch nie gehört, aha, in wien. undsoweiter undsofort.
guglhupf guglhupf, schmunzelt der naz.
und weil auch ein naz nicht immun gegen lob ist, wechselte er seine identität und wurde vom dichter zum buchdichter.
guglhupf guglhupf guglhupf, lacht der naz und gibt ein fröhliches *lalalalala* von sich.

666) **es ist schwer, immun gegen lob zu sein.** die jana kratzt sich schon wieder nachdenklich am kopf. das problem mit dem lob ist, dass es in sich die botschaft versteckt, der oder die lobende sei sozusagen in der position zu urteilen und besitze die fähigkeit, ein buch, das er oder sie nicht geschrieben hat, zu beurteilen, beziehungsweise in die kategorien gut oder schlecht zu verweisen. wer also gegen lob nicht immun ist, kann es logischerweise auch gegen tadel nicht sein. es ist generell nicht leicht, gegen die meinungen anderer menschen immun zu sein. bis zu einem gewissen grad ist es allerdings notwendig, da man als schreibender mensch sonst gefahr läuft, nicht mehr schreiben zu wollen, was man schreiben will. und wiederum andererseits ist es gar nicht möglich,
erstens) immer zu wissen, was man schreiben will,
zweitens) immer zu erkennen, ob und wieweit man von fremden stimmen, seien sie lobend oder tadelnd, beeinflusst worden ist, und
drittens) einen so genannten eigenen weg zu gehen, einen weg also, der von anderen stimmen, seien sie lobend oder tadelnd, kommentierend oder desinteressiert, freundlich oder kritisch oder einfach nur nebenbei vorhanden, völlig unbeeinflusst ist.

667) **im jahr 1988 hatte die jana mehrere male einen seltsamen traum**, einen traum, an den sie sich heute noch erinnert und den sie damals nicht nur in ihr tagebuch geschrieben, sondern auch in einem literarischen text verarbeitet hat. sie kletterte in diesem traum mit anderen schreibenden personen, darunter fritz widhalm und josef haslinger, einen steilen berg hinauf und erreichte ein schloss, in dem die zeit rückwärts lief. schnell waren fritz widhalm und josef haslinger zu kindern geworden und spielten auf einer wiese mit einem bunten ball. in einer waldschenke mit uralt aussehenden holztischen wurden getränke serviert, aber die jana war auch selbst ein kind geworden, hatte kein geld mit und hatte ihren vater samt brieftasche am fuß des berges stehen gelassen, weil sie ihm den steilen aufstieg nicht zugetraut hatte. der wirt indes servierte der hungrigen jana speis und trank als geschenk. inwischen waren die jana, fritz widhalm und josef haslinger noch kleinere kinder geworden. der wirt sagte mit erhobenem zeigefinger, dass sie als kleinkinder hier nicht bleiben könnten, denn *hier ist das schloss der verkehrten zeit und wer am leben ist, wird hier so lange jünger und jünger, bis es ihn oder sie nicht mehr gibt*. die kinder fragten den wirt, ob er nicht mit ihnen nach draußen kommen wollte, dorthin, wo das wirkliche leben stattfinde. die jana zeigte mit dem zeigefinger durch das fenster, wo sich eine wunderschöne landschaft gebildet hatte, aber der wirt ließ keine begeisterung erkennen. sein alter änderte sich nicht. vielleicht stand für ihn die zeit so still wie die große uhr, die in der schenke aufgehängt war. die jana bemerkte, dass josef haslinger bereits durch eines der beiden fenster nach draußen geklettert war, flugs war er wieder erwachsen und machte ein ernstes gesicht. die jana und fritz widhalm betrachteten die beiden fenster. das eine war beschriftet mit *für mädchen* und auf dem anderen stand *für buben*. beeilt euch, sagte der wirt. es sah für einen augenblick so aus, als wollte er doch mitkommen. die jana quetschte sich durch das

ziemlich kleine fenster - *war es nicht vorhin noch viel größer gewesen?* - nach draußen. es war verdammt eng. fritz widhalm quetschte sich stöhnend und ächzend durch die andere öffnung, die kaum mehr ähnlichkeit mit einem fenster, sondern eher mit einem schlupfloch aufwies. als die jana draußen ins grüne gras purzelte, blickte sie sich um. fritz widhalm lag neben ihr im gras und war, ebenso wie sie selbst, wieder erwachsen. die beiden fenster waren nun kleinwinzig. dahinter war der wirt zu sehen, es schien nun unmöglich, dass er sich durch eines der geschrumpften fenster zwängen könnte. eine rote sonne verlieh ihm einen eigenartigen glanz. der wirt hatte einen traurigen gesichtsausdruck und rief: *für erwachsene gibt es keinen ausgang aus diesem schloss.*
die jana wachte jedesmal, wenn sie den traum geträumt hatte, etwas verwirrt, aber auch begeistert von der im traum herrschenden farbenpracht, auf. vor allem das rötliche sonnenlicht im kontrast mit der sattgrünen wiese beeindruckte sie immer wieder aufs neue. war das etwa ein geburtstraum?, fragte sich die jana. das klettern durch enge öffnungen, die zeitgerecht passiert werden müssen, könnte ebenso darauf hinweisen wie die tatsache, dass im schloss, das auch ein schoß sein könnte, essen und trinken gratis war. allerdings war dieses schloss nicht einfach da, nein, dieses schloss musste erst durch bergklettern erreicht werden. oder ging es in diesem traum um das sich hineinquetschen in die welt der literatur, in der man schnell erwachsen werden muss und in der der kollege josef haslinger schon erwachsen war und ein ernstes gesicht machte? eine welt, in der es steile berge zu erklimmen galt, um ein schloss zu erreichen, in dem dann doch kein verweilen möglich ist? eine welt, in der der janapapa keinen platz hatte und daher am fuß des berges zurückgelassen werden musste? der gedanke an den janapapa machte der jana immer ein schlechtes gewissen, denn er erinnerte sie daran, dass ihr alter vater von ihr als kind stets

mehr aufmerksamkeit und pflegebereitschaft erwartet hatte, als sie in der lage war, ihm zu geben. das, was ich war, sagt die jana, nennt man heute *pflegendes kind* und ich hoffe, dass pflegende kinder jede unterstützung bekommen, die sie brauchen.
ach, seufzt die jana, vielleicht hat dieser traum auch fast gar keine bedeutung, oder er nimmt alle bedeutungen an, die ich für ihn erfinde. ich könnte also auch sagen, dieser traum hat mir die augen geöffnet für das leben unter der roten sonne, hat mir die augen geöffnet für die idee der unendlichen wiese[x], auf der platz ist für alles und für alle, hat mir die augen geöffnet für das leben, in dem die zeit nur eine richtung kennt, eine einbahnstraße gewissermaßen, ohne gegenverkehr, gelegentlich aber gibt es seitengassen, abzweigungen und schlupflöcher, die allerdings die eigenschaft haben, schnell wieder zu verschwinden, ob man sie nun nutzt oder nicht. punkt.

668) **der naz nutzt dieses kapitel**, um sich bei freunden und freundinnen, zu denen er in letzter zeit unfreundlich war, zu entschuldigen. zum beispiel bei freund jopa, dem der naz während seiner jährlichen heilfastenperiode erzählte, dass ihm kollege hansjörg erzählt habe, dass die ärzte und ärztinnen seinen schlechten gesundheitlichen zustand auf das von ihm jahrelang regelmäßig betriebene heilfasten zurückführen. pfui, sagte die jana da zurecht, pfui pfui pfui. und der naz nickte beschämt.
eigentlich bin ich ein eher freundlicher mensch, sagt der naz, nicht nur, aber eher. und ein gerechter mensch, sagt der naz im brustton der überzeugung. gut, zu seiner entschuldigung will der naz anführen, dass er vor nun bereits vier monaten die einnahme seiner psychopillen eingestellt hat, was sein gemüt etwas

---

[x] die unendliche wiese stammt aus dem buch *pubertät mit mädchen. visionen und versionen* von fritz widhalm, das im jahr 2006 in der edition ch erschienen ist.

wackelig werden ließ. auf und ab, sagt der naz, was aber nicht wirklich ein problem darstellt, da mein gemüt auch mit psychopillen immer etwas wackelig war und zum auf und ab neigte. nur freundlicher, schmunzelt der naz. außerdem bin ich jetzt ein alter mensch und alte menschen müssen nicht immer freundlich sein, nein nein, alte menschen dürfen sich auch manchmal von der freundlichkeit verabschieden, solange sie einen liebevollen umgang mit ihrer umwelt pflegen. was soll das jetzt wieder heißen, schüttelt die jana ihr kluges haupt. dass ich menschen und dingen, denen ich grundlegend viel liebe, interesse und verständnis entgegenbringe, manchmal auch ein bisschen weniger freundlich begegnen kann, ohne damit gleich meine grundlegend liebevoll interessierte und verständnisreiche haltung ihnen gegenüber in frage zu stellen. alles klar, sagt der naz. die jana blickt ihn etwas streng und misstrauisch an. alles klar, wiederholt der naz.

warum hat der naz seine psychopillen abgesetzt?

weil ich ein spinner bin, lacht der naz, und manchmal zu zwar genau überlegten, aber für meine mitmenschen nicht nachvollziehbaren entscheidungen neige. außerdem will der naz immer wieder mal wissen, wieweit das gemüt, das er seines nennt, auch seines ist, was es in wirklichkeit aber gar nicht sein kann.

die jana verlässt das zimmer.

jetzt hast du sie mit deinem geschwätz vertrieben, sagt das pseudonym fritz etwas unfreundlich.

siehst du, zeigefingert da der naz, der sich noch immer freudetrunken an seinen gedanken und worten berauscht, deine unfreundlichkeit ist für mich weniger schlimm, weil ich mir einfach sicher bin, dass du meiner person grundsätzlich liebevoll interessiert und verständnisreich entgegentrittst. ich bin mir sogar ziemlich sicher, dass man einer person wie mir eigentlich nur liebevoll interessiert und verständnisreich begegnen kann, was soviel bedeutet, wie, dass unfreundliche menschen, und mögen

sie noch so zahlreich auftreten, meiner überzeugung, dass eine andere welt möglich ist, nicht im wege stehen können.
die jana schließt die türe zu ihrem arbeitszimmer.
jetzt hast du sie vertrieben, wiederholt das pseudonym fritz, wie neulich die junge frau im gasthaus unterm gürtelbogen, der du mit umständlichem wortschwall zu erklären versuchtest, dass ein auch noch so kritisches interview mit der pop-ikone madonna nur dazu dienen kann, das eigene image zu polieren.
ich hab doch nur ein bisschen gescherzt, sagt der naz mit dem anflug einer leichten schamesröte im gesicht.
das pseudonym fritz verlässt das zimmer.
ich bin nie allein, ruft der naz hinterher, aber lassen wir das, lassen wir das.

669) ja, der naz ist in letzter zeit oft ziemlich grantig, aber was solls, solange er es schafft, zu seiner geliebten jana nett zu sein und die welt als eine zu betrachten, die man grundlegend gerechter und besser gestalten sollte, egal ob einem die menschen gerade mehr oder weniger sympathisch sind, solange kann der naz durchaus mit seinem gemüt experimentieren. es ist irgendwie gefährlicher, schmunzelt der naz, mit seinem gemüt zu experimentieren, als experimentelle dichtung zu verfassen.
schwupps.
nach seinem ersten buch *gaisberggefühl* machten sich der naz und die jana daran, ihre erste gemeinsame dichtung mit dem titel *kleine schmutzige welt des denkens* zu schreiben. ja, für den naz und die jana war *das gemeinsam* irgendwie immer wichtig, sehr wichtig. nicht nur das gemeinsame haben und gehabt haben, sondern auch alle anderen arten von gemeinsam. der erste gemeinsame text orientiert sich auf originelle art und weise an der expressionistischen dichtung des postinspektors und dichters august stramm.
beim wort *originell* zwinkert der naz mit beiden augen.

eigentlich findet der naz das wort *originell* ziemlich doof, also nur mit einem deutlichen augenzwinkern erträglich.
august stramm war sicherlich ein etwas merkwürdiger zeitgenosse, hmm, der naz ist sich nicht sicher, ob ihm august stramm als mensch wirklich sympathisch gewesen wäre, aber dessen dichtung hat ihn bereits in seiner jugend fasziniert, aber lassen wir das, lassen wir das.
über august stramm kann man sich in büchern und im internet informieren. ohne eine gesamtausgabe seiner gedichte, sagt der naz mit ernster miene, ist jede private oder öffentliche bibliothek eine unvollständige.
august stramm ist in der kleinen schmutzigen welt des denkens in wörtern wie *strammich* oder *vielerleidstramm* auch persönlich anwesend, obwohl er bereits 1915 dem ersten weltkrieg zum opfer fiel.
die kleine schmutzige welt des denkens erschien 1989 beim gangan verlag in buchform. als autor*innen stehen fritz widhalm, das pseudonym des naz, und ilse kilic, die heimliche zwillingsschwester der jana, auf dem buchumschlag. ja, alle texte des naz und der jana sind unter den namen fritz widhalm und ilse kilic erschienen. bei der verwendung eines pseudonyms scheint diese vorgangsweise durchaus logisch, bei zwillingsschwestern wie der jana und der ilse etwas irritierend. deshalb, sagt der naz, will ich euch, werte leser*innen, an dieser stelle nochmals die beiden bücher *als ich einmal zwei war* und *die rückkehr der heimlichen zwei* von ilse kilic ans herz legen, um euch über diese tatsache ein für allemal klarheit zu verschaffen.
ilse kilic schreibt im *eingang* zum buch *die rückkehr der heimlichen zwei* darüber das folgende: *ichich bezeichnet die mit dem allgemeinen sprachgebrauch übereinstimmende doppelbildung aller icheigenschaften als heimliche und unheimliche realität. wie das einfache ich versteht sich auch das ichich als integrationsstelle zwischen den ansprüchen der außenwelt, der gesell-*

schaft des du oder dudu und der eigenen impulsivität und triebhaftigkeit. auch das fehlen dieser beiden bücher machen jede bibliothek zu einer unvollständigen. jede bibliothek ist natürlich immer und überall eine unvollständige, lacht der naz.
ja, und so dichteten die ilse und der fritz im *vorwort* des buches *kleine schmutzige welt des denkens*:

    fassen wir
    nehmen wir
    ein bild des denkens

    wie ein bild sei
    wie eine brille sei
    wie eine bedeutung sei

    deshalb ist es so wichtig
    deshalb ist es so umgekehrt
    deshalb ist es so prinzipiell

    seit beginn zum widerspruch gewendet
    seit beginn zum unterschied gewendet
    seit beginn zum verfahren gewendet

    kleine schmutzige welt des denkens

im zuge dieser ersten gemeinsamen dichtung wurde das doppelwesen janaz geboren, das auch des öfteren liebevoll ilfri genannt wird.

670) die jana und der naz werden alt. wenn man über eine so lange vergangenheit verfügt, kann das nichts anderes bedeuten, als dass man nicht mehr jung ist.
na und?
die jana erinnert sich, dass, als sie vor zwölf jahren ihre erste brustkrebsdiagnose bekam, sie sich nichts schöneres vorstellen

konnte, als alt zu werden und, zum beispiel mit der busenfreundin sigrid, auf einem bankerl zu sitzen und socken zu stricken. wann genau diese zeit des bankerlsitzens und sockenstrickens anfangen sollte, darüber hatte sich die jana keine so genauen gedanken gemacht.
hmm.
die jana kommt gerade von einem besuch bei ihrer augenärztin, die den schönen namen dr. freude trägt. sie darf sich mit frau dr. freude darüber freuen, dass ihre augen sich nicht verschlechtert haben, dass also die immer wieder angedachte operation des grauen stars aufgeschoben werden kann. die jana hat nämlich leider so genannte risikoaugen und alles ist nicht so einfach, wie es vielleicht sein könnte und wie es der jana von anderen älteren menschen, die eine solche operation bereits hinter sich haben, berichtet wurde. die jana ist seit ihrer kindheit daran gewöhnt, schlecht zu sehen, aber manchmal geht ihr das schlecht sehen schon gewaltig auf die nerven. aber große lust auf eine operation des altersbedingten grauen stars hat sie auch nicht, auch wenn sie danach vielleicht besser sehen würde, als in den letzten fünfundfünfzig jahren.
übrigens ist es der jana noch nie gelungen, einen so formschönen socken, wie ihn freundin sigrid strickt, zuwege zu bringen. in letzter zeit hat sie sich auf so genannte patentsocken verlegt, bei denen man dank eines speziellen strickmusters keine ferse stricken muss. die socken sind dann zwar einfacher zu stricken, haben aber nicht die wunderbare passform, die sich genau an die form des menschlichen fußes, der ja bekanntlich eine ferse aufweist, anschmiegt.
wie auch immer. das jahr 1989 ist achtundzwanzig jahre her. die jana kann sich noch daran erinnern, dass das buch *kleine schmutzige welt des denkens* zu einem großen teil in altaussee geschrieben wurde, damals auf einer alten schreibmaschine, für die man ein farbband im nächstgrößeren ort, nämlich in bad

aussee, kaufen musste. diese schreibmaschine stand beim letzten besuch der jana und des naz noch immer in der wohnung der literar mechana˟, zwar verstaut in einem vorzimmerkasten, aber noch immer vorhanden, im unterschied zum kleinen geschäft, in dem es die farbbänder gab und das inzwischen nicht mehr vorhanden ist.
die jana erinnert sich bei dieser gelegenheit auch an das alte satzgerät, das sie gemeinsam mit dem naz in einem schreibmaschinengeschäft in der strozzigasse gimietet hatte, um darauf sowohl die anthologie *buch* als auch die anthologie *wichtig - kunst von frauen* zu setzen. das recht voluminöse gerät wurde zu diesem zwecke mit vereinten kräften aus der strozzigasse in die fuhrmannsgasse getragen, kein weiter weg, aber trotzdem schweißtreibend, wenn man ein gewichtiges gerät zu tragen hat. in dem geschäft, das damals schreibmaschinen, satzgeräte und rechenmaschinen sowie deren reparatur anbot, befindet sich jetzt ein modegeschäft. sicher haben auch modegeschäfte ihre berechtigung, aber, fragt sich die jana, müssen es denn so viele sein? im achten bezirk, in dem die jana seit über neunundfünfzig jahren und der naz seit zirka dreiunddreißig jahren wohnen, gibt es viele modegeschäfte, und manch geschäft, das früher etwas anderes war, hat sich in ein solches verwandelt. umso schöner ist es, dass es im achten bezirk auch eine menge kaffeehäuser und buchhandlungen gibt, ja sogar eine eisenhandlung, in der man schrauben und nägel einzeln kaufen kann, sowie ein geschäft mit nähzugehör. das wort nähzugehör ist kein tippfehler, auch wenn das wort zugehör kaum mehr in gebrauch ist, steht es genau so am firmenschild.
vielleicht haben der naz und die jana schon über die arbeit an

---

˟es handelt sich dabei um jene wohnung, die schriftsteller*innen benützen dürfen, um zwei wochen ungestört schreiben, zeichnen, spazierengehen und in die luft schauen zu können. ja, auch in die luft schauen ist erlaubt, und dazu eignet sich die veranda der wohnung am altausseersee auch vorzüglich.

diesen ersten beiden anthologien berichtet und auch beschrieben, wie es war, auf einem alten satzgerät zu tippen? oder doch nicht? es war jedenfalls so, dass man keinen fehler machen durfte, und wenn man doch einen fehler machte, musste man die seite nochmals schreiben. naja, das war nicht ganz so vorgesehen, hatte dieses satzgerät doch bereits einen winzigen bildschirm, auf dem man genau eine zeile sehen konnte, die man dort überprüfen, gegebenenfalls korrigieren und dann erst mittels druckbefehl auf papier bringen konnte. aber irgendwie konnte man diese korrekturen immer an einer kleinen unregelmäßigkeit in der sogenannten proportionalschrift[x] erkennen und das war dann keine befriedigende lösung, nein, das war es nicht und so tippte man die seite nochmals, möglichst ohne einen fehler zu machen. die jana gibt zu, dass die meisten seiten der naz getippt hat, der zwar unheimlich langsam tippt, aber in der tat kaum fehler macht, während sie, die jana, sich meistens nicht beherrschen kann und immer schneller wird, was unweigerlich fehlerhäufungen nach sich zieht. das war vor achtundzwanzig jahren so, und
es ist heute nicht viel anders.
die beantwortung der frage, wann der zeitpunkt gekommen ist, an dem die jana als alte frau auf einem bankerl sitzt, sich an kaffee, kuchen, der gesellschaft des naz oder der freundin sigrid und eventuellem sockenstricken erfreut, muss in die zukunft verschoben werden. noch hat die jana jedenfalls nicht das nötige sitzfleisch für längeres bankerlsitzen. andererseits sind ihre füßchen durchaus bereit, sich auf einem bankerl hochlagern zu lassen, insbesondere dann, wenn sie, aufgrund der einnahme blut-

---

[x] bei proportionalschriften nehmen alle zeichen nur den platz ein, den sie tatsächlich benötigen, das i ist also schmäler als das m, was das schriftbild angenehmer macht. herkömmliche schreibmaschinen arbeiten mit festbreitenschriften, wobei jedes zeichen den gleichen platz einnimmt, das i also ebenso breit ist wie das m, was zum beispiel korrekturen mittels tipp-ex einfacher macht.

drucksenkender und gefäßerweiternder tabletten, rund um die knöchel etwas angeschwollen sind. man könnte also sagen, dass die füßchen und der blutdruck der jana hinsichtlich alterungsprozess ihrem hintern etwas voraus sind. ja, so wird es sein.
mag der hintern der jana noch nicht alt geworden sein, ein bisserl runder ist er jedenfalls geworden, schmunzelt da der naz.
dick, sagt der naz.
mein hintern ist nicht dick, schimpft die jana.
dick, wiederholt der naz und macht dazu eine ausladende bewegung mit beiden händen.

671) **das jahr 1989** führte die jana und den naz, wie auch viele andere jahre davor und danach, nach griechenland, diesmal aber ohne automobil.
fuhren die jana und der naz mit einer fähre?
vermutlich ja, denn die jana hatte zu dieser zeit noch den plan, dem fliegen mit flugzeugen ein leben lang zu entsagen, ein plan, der erst 1991 durch eine einladung nach moskau infragegestellt wurde, aber dazu kommen wir später.
die jana und der naz hatten mit sicherheit ihre beiden rucksäcke am rücken, in denen sich je ein schlafsack, etwas gewand und zahlreiche bücher befanden. die beiden stiegen wohl in patras aus der fähre, danach ging es mit griechischen linienbussen weiter, in denen dem naz gelegentlich schlecht wurde. in neapolis angekommen konnten sich die jana und der naz den rucksackbeladenen weg zur einsambucht nicht so recht vorstellen und bestiegen daher eine fähre auf die insel kythira. dort landeten sie im ort agia pelagia, wo es zwar einen wunderbaren sandstrand gab, der aber mitnichten die einsamkeit der einsambucht zu bieten hatte. es war nicht möglich nackig zu baden oder gar nackig herumzulaufen.
naja doch, am sehr späten abend oder am sehr frühen morgen, wenn die bewohner*innen der insel kythira bereits oder noch in

ihren betten lagen und schlummerten, sagt der naz.
einige male wanderten die jana und der naz zu einem etwas weiter von agia pelagia entfernten strand, der zwar einsam war und problemloses nacktsein ermöglichte, aber leider wenig schatten bot, außer einer vorgefundenen leicht desolaten bambushütte, die vom naz oberflächlich instandgesetzt wurde. außerdem, und das waren die jana und der naz gar nicht gewohnt, lagen auf dem einsamen strand plastikgegenstände aller art in nicht gerade geringer zahl herum.
au weia.
nach einigen tagen in kythira beschlossen die jana und der naz, weiterzureisen und die insel antikythira kennenzulernen. wow. wie spontan die beiden doch damals waren. kein vergleich mit den späteren griechenlandreisen, für die sie schon monate vorher via reisebüro gebucht hatten. huch, so ist es nunmal.
die jana hat heute, den 13.07.2017, ein bier getrunken, genau genommen ein großes und ein kleines bier, und ist, augenärztin hin und her, durchaus guter laune. diese gute laune will sie nützen um gut einzuschlafen.
ja, sogar der blutdruck hat gute laune, 129/74.
gute nacht!

672) **der blutdruck des naz** beträgt laut messgerät 126/74 und das ganz ohne blutdrucksenkende mittelchen. der blutdruck des naz ist immer und überall ein guter blutdruck sowie der naz immer und überall ein guter naz ist, aber lassen wir das, lassen wir das.
der naz ist auch immer und überall ein guter einschläfer und aufwacher, obwohl sich beim aufwachen stets melancholische gedanken einstellen, die der naz aber meist bis zum frühstück soweit in den griff bekommt, dass er seinen kaffee ohne tränenvergießen zu sich nehmen kann. vielleicht brauchst du doch eine therapie, stellt die jana umsichtig fest. nein, sagt der naz im

brustton der überzeugung, ich habe schlechte erfahrungen mit therapeut*innen. du hast doch noch nie eine therapie gemacht, wundert sich die jana da zu recht. eben, merkt der naz lächelnd an.
morgen, den 25.7.2017, geht der naz zum hörtechniker herrn wuschitz, um sich ein hörgerät anpassen zu lassen. *wieder gut hören und aktiver leben* steht auf der karte, die herr wuschitz dem naz bei der terminvereinbarung überreicht hat. okay, sagt der naz, wieder gut hören ist durchaus eine feine sache, obwohl ich mein pseudonym fritz widhalm auch jetzt noch immer gut hören und auch meist verstehen kann. red keinen unfug, schimpft die jana, fritz spricht *in* dir, da ist es kein großes kunststück, ihn gut zu hören und zu verstehen.
wie bitte?, fragt der naz.
wie bitte?
der naz hat sich bereits seine langen weißen haare schneiden lassen, damit man sein neues hörgerät dann auch gut sehen kann. wenn man etwas neues bekommt, sagt der naz, ist es durchaus normal, dass man es den anderen menschen auch zeigen will. mit stolz und freude, schmunzelt der naz. mit stolz und freude, bestätigt das pseudonym fritz. genau, nickt der naz. das glaub ich dir nicht so ganz, sagt die jana mit äußerst skeptischem gesichtsausdruck.
wie bitte?, fragt der naz.
wie bitte?
die berufsbezeichnung lautet nicht hörtechniker, sondern hörgeräteakustiker, berichtigt sich der naz, also herr wuschitz ist kein hörtechniker, sondern ein hörgeräteakustiker. so steht es zumindest in den von herrn neuhold zusammengestellten informationen zur hörgeräteversorgung nachzulesen. ja, der naz liest nach. *hdo* heißt hinter-dem-ohr-gerät, *ido* heißt im-ohr-gerät, ein *khg* ist ein kanalhörgerät und ein *cic* ein gehörgangsgerät. *cic* leitet sich von *complete in the canal* ab. ich werde mich höchst-

wahrscheinlich für ein *hdo* mit induktionsspule entscheiden, schmunzelt der naz. bedenken sie, dass hörgeräte immer *krücken* - aber eben ganz entscheidende! - bleiben und sie damit vielleicht nie ein völlig normales hören erreichen werden. das wunderwerk ohr kann auch die beste technik nicht wieder herstellen, merkt herr neuhold in seinen informationen an, wohl um beim naz keine falschen hoffnungen aufkommen zu lassen.
wie bitte?, schmunzelt der naz.
wie bitte?

673) **antikythira ist ein größerer felsen** mitten im mittelmeer, erinnert sich der naz. auf der karte waren zwei orte eingetragen, einer davon stellte sich bei genauerer betrachtung als bereits ausgestorben heraus. der zweite ort lag am hafen, in dem zweimal die woche eine fähre anlegte, einmal von kreta kommend und einmal nach kreta fahrend. immerhin gab es hier eine hafenkneipe, in der man bier, wein und ouzo trinken sowie konserven, die es beim wirt selbst billig zu kaufen gab, auf einem alten gasherd aufwärmen konnte.
immerhin, erinnert sich der naz.
außerdem gab es auch noch einen bäcker, der aber, da auf der insel nicht wirklich mit gästen zu rechnen war, kein brot für die jana und den naz übrig hatte. diese erfahrung mussten auch die zwei ungarn machen, die mit der jana und dem naz im hafen von antikythira die fähre verlassen hatten. die vier neuankömmlinge schlugen ihr lager direkt auf der hafenmole auf, was niemand weiters zu stören schien. die beiden ungarn waren auf die insel antikythira gekommen, um dort giftschlangen zu fangen und in mitgebrachten spezialbeuteln auszuführen.
es war schon ein etwas mulmiges gefühl, neben beuteln zu schlafen, deren inhalt aus giftigen schlangen bestand, erinnert sich der naz.
huch.

da die weiterreise nach kreta erst in einer woche möglich war, machten sich die jana und der naz auf die suche nach einem badestrand, was sich als nicht allzuleicht herausstellte, da die küste sich als steilküste zu erkennen gab. das hafenbecken lag zwar leicht zugänglich vor ihnen, doch das hafenbecken lud nicht wirklich zum schwimmen ein.
das hafenbecken konnte man durchaus als verdreckt bezeichnen, erinnert sich der naz.
huch.
am zweiten tag wurden die jana und der naz dann doch fündig. sie beobachteten aus der ferne einen alten mann, der einen schmalen, kaum sichtbaren fußweg zur küste hinunterhüpfte. ja, schmunzelt der naz, der alte mann hüpfte flott abwärts, wobei er sich mit der rechten hand auf einen stock stützte. was ein alter mann am stock kann, können wir beiden jungen hüpfer schon lange, dachten sich die jana und der naz und schwupps, waren sie auch schon unten beim meer. es zeigte sich eine steinige bucht, die bis auf einen schmalen zufluss vom offenen meer getrennt war und in der sich ein richtiges schwimmbecken voll klarem salzwasser gebildet hatte. die beiden entledigten sich in windeseile ihrer verschwitzten kleidung und hüpften nackig ins kühle nass. der alte mann indes nahm den schmalen pfad nicht wegen des schwimmvergnügens in kauf, sondern betreute in den spärlich bewachsenen hängen ein paar bienenstöcke. die nackigkeit der beiden schien ihm keinen blick wert.
nur einige nicht zu übersehende schwarze teerflecken an den felsen störten das erfrischende schwimmvergnügen, erinnert sich der naz.
huch.
die jana und der naz fanden auch einen schattigen platz zum fröhlichen haben und gehabt haben, ja, das haben und gehabt ist ein durchaus wichtiger aspekt des zusammenseins der jana und des naz. der schattige platz war zwar nicht wirklich bequem,

aber die beiden waren 1989 eben noch jung, und gelenkig.
nach einer woche beendeten die jana und der naz das abenteuer antikythira und fuhren mit der fähre weiter nach kreta, wo sie im kleinen ort damnoni in der nähe von plakias ihr zelt aufbauten. dort gab es alles, was ihr herz begehrte, einen tollen sandstrand, an dem man unbekümmert nacktbaden konnte, ein günstiges beisl zum frühstücken und abendessen sowie bequemes haben und gehabt haben im kleinen dreieckszelt.
antikythira war trotz kleiner beschwerlichkeiten durchaus ein gelungenes abenteuer, erinnert sich der naz.
die bewohner*innen der steinigen insel waren zwar äußerst zurückhaltend, aber sie hinterließen des öfteren kleine geschenke wie obst und gemüse beim lagerplatz der gäste, ohne sich dabei zu zeigen oder dank zu erwarten.
außer dem wirt in der kleinen hafenkneipe hat eigentlich niemand je ein wort an uns gerichtet, erinnert sich der naz.
aber auch der war nicht wirklich gesprächig, obwohl die jana ihren ganzen griechischen wortschatz zum einsatz brachte. ja, irgendwie waren die bewohner*innen von antikythira dem naz sehr sehr sympathisch.
ich mag leute, die einfach da sind, ohne ständig darauf hinweisen zu müssen, schmunzelt der naz. aufdringlichkeit ist mir wahrlich ein greuel, ganz egal, ob in guter, ob in böser absicht oder in irgendeiner absicht die dazwischen liegt.
huch.

674) im jahr 2006, also siebzehn jahre nach dem jahr 1989 haben die jana und der naz das malerische damnoni auf kreta übrigens nochmals besucht. die beiden reisten diesmal per flugzeug und autobus an und verbrachten zwei wochen in plakias.
die jana erinnert sich, dass es bei der ankunft regnete und sie beim aussteigen aus dem autobus mit dem schweren rucksack

fast das übergewicht bekommen hätte und in eine riesige schlammige pfütze gefallen wäre. glücklicherweise fingen der autobuslenker und der naz sie auf und stellten sie neben der schlammpfütze wieder auf ihre zwei beine. die jana und der naz hatten eine wanderkarte eingepackt, schließlich war es erst anfang mai und vermutlich würde es nicht zu heiß zum wandern sein. die beiden standen ein bisschen unter anspannung, schließlich war nach ihrer rückkehr eine computertomographie geplant, bei der sich zweifelsfrei herausstellen sollte, dass die verdächtigen rundherde in janas lunge einfach altersbedingte oder tabakrauchbedingte vernarbungen waren oder nichts anderes, nichts böses, das sich aus der brustkrebserkrankung im jahr 2005 entwickelt haben könnte.
nun, was konnte man gegen diese furchtbare angst anderes machen, als sich einen ganz besonderen urlaub gönnen?
vermutlich haben die jana und der naz bereits im verwicklungsroman nummer fünf oder nummer sechs von dieser zeit berichtet. jedenfalls wanderten die beiden über berg und tal, durch sonne und schatten bis nach damnoni.
und sieh an, es gab damnoni noch immer!
es gab auch noch die drei wunderschönen buchten, die erste, die größte für *die angezogenen*, die zweite und die dritte für *die nackten*, wobei in der zweiten auch immer ein paar angezogene mit dabei waren, für die in der *angezogenenbucht* kein platz mehr war. angeblich kein platz mehr war, lacht der naz.
ja, all das gab es noch immer.
und was gab es noch?
ein nicht gerade kleines neu erbautes hotel.
dafür war eines der beiden kleinen lokale am strand geschlossen.
ja, noch immer entsprangen direkt im meer die bekannten süßwasserquellen, noch immer war das meer blau, so abgeschieden und still war es aber natürlich nicht mehr.

tourismus ist etwas seltsames, alle wollen reisen und fast alle suchen ein plätzchen abseits des tourismus.

675) **die jana und der naz haben gerade, also jetzt**, im sepember 2017, eine reise in den nordseekurort cuxhaven gemacht. dort hatte der sommertourismus bereits fast sein ende gefunden, die strandkörbe standen leer und übrigens mehrheitlich dem meer abgewendet, als hätten die letzten benützer*innen lieber auf die häuser und hotels geschaut als auf das meer.
ich glaube nicht, sagte die jana, dass irgendjemand seinen strandkorb so dreht, dass er nicht auf das meer schauen kann.
warum eigentlich nicht, fragte der naz.
wobei die jana davon ausgeht, dass diese frage nicht ganz ernst gemeint sein kann, sondern nur die skepsis des naz gegenüber der begeisterung der jana ausdrückt, die das meer gerne betrachtet, immer und immer wieder.
die jana hat das meer sehr oft in griechenland, oft in italien, kroatien und slowenien, einmal in schottland und einmal sogar in russland gerne betrachtet, immer und immer wieder.
diesmal hat die jana das meer eben in norddeutschland gerne betrachtet, immer und immer wieder.
die jana erinnert sich an eine reise in ihrer kindheit, die ebenfalls an die norddeutsche küste führte. alles schien damals noch in ordnung, die janaeltern guter laune, die krankheit der janamama schien überwunden, der wind fegte die sorgen hinweg und die kleine jana freute sich auf das große meer. jedenfalls in der zeit, in der ihr nicht schlecht war. die janafamilie war nämlich mit dem auto unterwegs, einem silbergrauen skoda, und der kleinen jana wurde vom autofahren sehr oft schlecht.
sehr oft, sehr schlecht.
die kleine jana war dann beim betrachten des großen meeres höchst erstaunt darüber, dass der meeresboden so flach war, dass man also beobachten konnte, wie das meer sich bei ebbe

kilometerweit zurückzog und das so genannte watt freigab, man also quasi auf dem meeresboden wandern konnte.
die große jana stand nun wiederum mit erstaunen vor dem watt und zog sich sofort die schuhe aus, um darin herumzustaksen. allerdings war nicht geplant, eine wirkliche wattwanderung zur insel neuwerk zu unternehmen, da hätte man nämlich früh aufstehen müssen und das lag so gar nicht in der absicht der jana und des naz, die es vorzogen, lieber etwas länger zu schlafen und danach einfach so ein bisschen das watt zu bewundern, während der wind ihnen um die ohren pfiff.
tourismus, ja, das heißt, man fährt irgendwohin, wo man nicht immer ist und sieht sich die welt an, wie sie dort aussieht. man lässt dabei einiges an verpflichtungen hinter sich, da man meist nicht oder schwer erreichbar ist.
und auch mitnichten erreicht werden will, sagt der naz, der es wahrlich liebt, nicht erreichbar zu sein.
ja, und hier wird die sache komisch, denn die jana hatte bei dieser, und auch bei der letzten reise, ihren laptop eingepackt, um, falls es sich als nötig erweisen sollte, das internet besuchen zu können.
man kann manche sachen gut nachschauen, zum beispiel, welche museen es gibt und wann sie aufsperren, hatte die jana gesagt und dem naz wars recht gewesen, naja, nicht ganz recht, aber auch nicht ganz unrecht, und
was solls, hatte sich der naz gedacht.
irgendwie erwies sich die anwesenheit des laptops aber insofern als tendenziell störend, weil somit auch die möglichkeit bestand, emails abzurufen, und weil aus dieser möglichkeit bei der jana eine art innerer zwang entstand, diese auch zu beantworten, was wiederum den alltag und seine verpflichtungen ein stück näher an den urlaub brachte. langer rede kurzer sinn, man muss sich schon gut überlegen, ob man im urlaub erreichbar sein will oder nicht, und

das muss die jana auch noch zugeben, ehrlich gesagt und streng genommen hat sie den laptop nicht nur wegen dem recherchieren hinsichtlich museen und sonstiger sehenswürdigkeiten mitgenommen, nein, sie hat ihn auch mitgenommen, damit sie, *falls irgendetwas passiert*, auch zu spitälern oder sonstigen hilfreichen institutionen kontakt aufnehmen kann. es war ihr nämlich anlässlich des unfalls des naz, der in kapitel 660) **ein kleiner ausrutscher** ausführlich beschrieben ist, schmerzlich bewusst geworden, dass es gar nicht so einfach ist, etwas zu organisieren, wenn man während des urlaubs einen unfall hat, wobei es eigentlich gar nicht notwendig gewesen wäre, etwas zu organisieren, sich die jana aber als unfähig erwies, die dinge einfach laufen zu lassen und nicht wie ein aufgeschrecktes angsthühnchen herumzutelefonieren, herumzu*gschistern* und herumzu*gschastern* und sowohl sich selbst als auch einige freunde und freundinnen aus der ruhe zu bringen. die jana kann natürlich als argument einbringen, dass es mit dem laptop gewiss leichter gewesen wäre, sich eine übernachtungsmöglichkeit zu besorgen, als sich erwies, dass der krankenhausaufenthalt des naz länger währen würde, als das zimmer reserviert war.
gewiss, das wäre leichter gewesen.
vielleicht wäre die jana sogar etwas früher aus dem reservierten zimmer ausgezogen, das sich für sie allein als etwas, nun ja, unkomfortabel erwies. denn was zu zweit als lauschig und wildromantisch erlebt worden war, nämlich *erstens)* die hohen schneewächten, die man auf dem weg zur etwas abgelegenen zimmertüre queren musste und *zweitens)* die dicken eiszapfen, die über nacht vor der türe wuchsen, sodass diese sich schwer öffnen ließ sowie *drittens)* das mittels bewegungsmelder automatisch sich einschaltende licht, das zwar den weg beleuchtete, aber während des aufsperrens wieder erlosch, worauf man mit der taschenlampe den weg des schlüssels ins schlüsselloch zu finden hatte. all das erwies sich, als die jana nun alleine allabendlich nach

dem besuch bei ihrem herzallerliebsten naz, der seine rippen unter ärztlicher aufsicht zusammenwachsen ließ, zurück in ihr zimmerchen tappste, als höchst unkomfortabel und teilweise sogar ein wenig beängstigend. dazu kam, dass sich in der lampenschale über der eingangstür rund um die glühbirne schmelzwasser sammelte und zu befürchten war, dass dieses höher steigen und somit einen kurzschluss verursachen könnte. beunruhigend war auch die tatsache, dass man seitens des krankenhauses recht verständnislos auf ihre befürchtungen reagierte, die hoffentlich bald bevorstehende heimreise inklusive zweimaliges umsteigen mit den beiden rucksäcken und diversem handgepäck sowie dem wackeligen naz an der seite nicht so ohne weiteres bewältigen zu können.
ich schaff das schon, hatte der naz optimistisch gesagt, nicht ohne allerdings hinzuzufügen, dass man ihn vor einem weiteren sturz gewarnt hatte, dieser könne lebensbedrohlich sein.
wie soll aber ich das schaffen, fragte sich die jana besorgt, ohne jedoch aus heutiger sicht nachvollziehen zu können, welche hilfe ihr ein laptop in dieser sache hätte bieten können. nun ja, nun ja.
vielleicht hätte sie früher ein anderes zimmer gefunden, nun ja, nun ja, das hätte sie vielleicht.
vielleicht hätte sie sich die einsamen abende etwas weniger einsam gestalten können, ein paar emails schreiben, im facebook herumfuhrwerken, nun ja, nun ja, vielleicht hätte sie sogar ein paar gedichte schreiben oder ein paar bilder zeichnen können.
wobei letzteres grundsätzlich nicht der anwesenheit eines laptops bedarf. nun ja, nun ja.
kurz und gut, die anwesenheit eines laptops hat vor- und nachteile. außerdem ist es sinnlos, wenn man vor jeder reise angst hat, dass etwas passieren könnte, da kann man ja dann gleich daheim bleiben, denkt die jana, der ihre therapeutin einmal ge-

sagt hat, sie mache den eindruck, als würde sie an der nabelschnur des allgemeinen krankenhauses der stadt wien hängen. womit sich der kreis schließt, denn die erste blutdruckerhöhung, die die jana damals, als sie den naz und das gepäck glücklich aus aussee nach wien gebracht hatte, feststellte, führte sie laufenden schrittes in eben jenes allgemeine krankenhaus, wo zwar der blutdruck bereits wieder etwas gesunken war, allerdings nicht soweit, dass das thema blutdruck damit erledigt gewesen wäre.
heute vormittag, den 22.7.2017, hat die jana 134/75 gemessen. mit diesem wert kann man eigentlich recht zufrieden sein, obwohl er nicht ohne einnahme blutdrucksenkender tabletten zustandekam und außerdem die jana mittlerweile das gefühl hat, ihr blutdruck könnte eigentlich immer noch ein bisschen niedriger sein, weil sie dann keine angst haben müsste, dass er zu hoch hinaufsteigen könnte.
himmel, ist das alles kompliziert, seufzt die jana.
und die sturmwarnung in cuxhaven, die unsere rückreise fast um einen tag verzögert hätte, seufzt die jana, haben wir trotz anwesenheit des laptops übersehen. nun ja, nun ja, so war es. also bei der nächsten reise bleibt der laptop wohl doch besser wieder daheim, aber lassen wir das, lassen wir das.
da ist ja noch ein wenig zeit, seufzt die jana.
und auch der naz gibt einen leisen seufzer von sich.

676) **cuxhaven, seufzt der naz**, cuxhaven ist, nachdem die uhr neun geschlagen hat, so gut wie ausgestorben. okay, es gibt zwei bierlokale, in denen sich ein paar einheimische trinker*innen vollaufen lassen und in denen auch noch fleißig geraucht werden darf, aber sonst nix. nach neun uhr abends etwas essen wollen, seufzt der naz, heißt pizza oder burger, sogar die fischbrötchenstände haben bereits geschlossen. aber fisch mag der naz sowieso nicht.
nun ja, im nachbarort duhnen ist es etwas länger belebt. in

duhnen spielt sich auch tagsüber mehr ab als in cuxhaven, da dort auch das watt, die heide und die dünen sind. ja, in duhnen gibts dünen, so genannte küstendünen. der name duhnen leitet sich wahrscheinlich sogar von dünen her, seufzt der naz, aber vielleicht auch nicht. der naz hat, wie so oft, nicht wirklich eine ahnung davon.
egal.
in cuxhaven haben der naz und die jana das joachim ringelnatzmuseum und das wrack- und fischereimuseum namens *windstärke zehn* besucht und besichtigt. beides war durchaus einen rundgang und viele neugierige blicke wert, seufzt der naz, doch die empfangsdamen bei ringelnatz waren von so ausgewählt betulich-aufdringlicher art, dass mir joachim ringelnaz richtiggehend leid getan hat.
joachim ringelnatz, der eigentlich hans bötticher hieß, war kein cuxhavener, nein nein, schüttelt der naz sein schlaues köpfchen, er war dort während des ersten weltkrieges auf dem außenposten einer luftabwehrmaschinengewehrabteilung stationiert. angeblich hat er sich damals in cuxhaven ein terrarium mit blindschleichen, fröschen, eidechsen und ringelnattern angelegt, und es gibt die theorie, dass sich sein künstlername ringelnatz von ringelnatter herleitet. eine andere theorie besagt, dass sich der name von ringelnass herleitet, wie das seepferdchen von den seemännern genannt wurde. und vielleicht auch noch immer genannt wird, seufzt der naz, der sich persönlich für das seepferdchen als namensgeber ausspricht, da es joachim ringelnatz um vieles ähnlicher ist als die ringelnatter. joachim ringelnatz schreibt ja selbst in seinem gedicht seepferdchen: *als ich noch ein seepferdchen war, / im vorigen leben, / wie war das wonnig, wunderbar / unter wasser zu schweben.*
ringelnatz war kein humorist, seufzt der naz, und betrachtet nachdenklich die ringelnatzzeichnung mit dem titel *schwein sich selbst kastrierend.*

joachim ringelnatz flüchtete 1930 aus münchen, das er als *hauptstadt der braunen bewegung* bezeichnete, nach berlin. mit machtantritt der nationalsozialisten wurden seine bücher auf den index gesetzt und er erhielt bühnenverbot.
joachim ringelnatz starb 1934 im alter von einundfünfzig jahren in berlin an tuberkulose, seufzt der naz und schüttelt sein trauriges köpfchen.
im jahr 2017 starb im alter von siebenundfünfzig jahren der dichter hansjörg zauner in wien.

hansjörg zauner
ein gedicht von fritz widhalm, 16.07.2017

beginnen wir mit einem zitat, ich liebe zitate, *der tod*
ist ein skandal, ja, *der tod ist ein skandal*, das ist der
titel eines liedes der band die tödliche doris, geniale
dilletanten, ob hansjörg geniale dilletanten geliebt hat,

ich weiß es nicht, ich habe sie geliebt, und liebe sie
noch immer, hansjörg liebte james aus manchester,
das weiß ich, und die pixies, hüsker dü undsoweiter,
dazu tanzte hansjörg, oder trank bier dazu, meist beides,

bis die gicht kam, huch, bis die gicht kam, ich habe
hansjörg mitte der 80er kennengelernt, im café merkur,
da saßen damals drei literaturzeitschriften, *drucksache*,
solande, *um*, und tranken bier, bis die gicht kam, huch,

und sprachen edle dichtung, avantgarde, bis die gicht
kam, huch, oder auch nicht, hansjörg, ilse kilic und ich
machten dann eine zeitlang gemeinsame sache, oft im
amerlinghaus, aber auch anderswo, dichtung und film,

ja, film, super-8, der musiker stefan krist merkte an, in
den filmen von hansjörg sieht man hansjörg, nackt, und
in den filmen von fritz sieht man fritz, nackt, na ja, ist
ja eigentlich schon recht viel, hansjörg und fritz, nackt,

stefan war für längere zeit bläser der wohnzimmerband,
eines tages erzählte hansjörg, dass über ihm ein irrer typ
wohnt, der immer so schrecklich und laut seine posaune
bläst, und dabei herumkreischt, kreischt, sagte hansjörg,

ilse und ich wussten sofort bescheid, danke hansjörg,
mit der veranstaltung *bananen sind keine hausboote*
schafften wir drei es damals sogar ins fernsehen, okay,
die planten gerade zufällig eine sendung über bananen,

eine von uns drei bananen durfte sogar kurz lesen, ganz
ganz kurz, 1986 gründeten ilse und ich die edition *das
fröhliche wohnzimmer*, eines der ersten bücher trug den
edlen titel *stellen sie den champagner kalt*, mit texten,

wie sollte es auch anders sein, mit texten von hansjörg,
ilse und mir, hansjörg gründete bald darauf ebenfalls
einen kleinverlag, *edition ururscz*, und auch christine
huber von der zeitschrift *um* gründete einen verlag,

die *edition ch*, c wie christine und h wie huber, im café
merkur trafen sich dann nicht mehr drei zeitschriften,
sondern drei verlage, wow, wir waren hellauf begeistert,
christine trug schwarz, hansjörg rosarot und ilse und ich,

wir trugen viele farben, meist alle gleichzeitig, ende
der 80er erschienen unsere ersten bücher in anderen
kleinen verlagen, wow, hansjörg in der *edition neue
texte*, christine, ilse und auch ich in der *herbstpresse*,

bzw. im verlag *gangan*, graz-wien-sydney, wir waren
hellauf begeistert, ja, wir hatten vieles vor, und die
welt zu einer besseren zu machen, schwupps, hansjörg
musste dann irgendwann aus seiner wohnung raus,

spekulationsobjekt, was sonst, hansjörg zog vom achten
in den sechzehnten wiener gemeindbezirk, nicht weit,
wahrlich nicht weit, doch man sah sich weniger oft, hm,
bei den aussendungen der gav[x], hansjörg war der hefter,

ja, hansjörg war für längere zeit der mensch, der die
heftklammern in die mitgliederzeitschrift drückte, ich
schnürte sie dann zu bünden, ortsbünden, leitgebiet
und restmengen, uff, die post war hellauf begeistert,

zuletzt sah ich hansjörg im mai 2017 bei den kritischen
literaturtagen in der brunnenpassage im sechzehnten,
müde, mager und... wackelig, hansjörg erzählte vom
eisenmangel, dann wackelte er davon, huch, *der tod ist,*

ein skandal.
dieses gedicht hat der naz unter seinem pseudonym fritz widhalm für die von christine huber im lokal rhiz organisierte gedenkveranstaltung *ein abend für hansjörg zauner* geschrieben und dort auch persönlich vorgetragen. der naz ist inzwischen einundsechzig jahre alt, also älter als hansjörg zum zeitpunkt seines todes war, und
mit dem tod hört sich bekanntlich ja jedes alter auf, seufzt der naz und hört danach zu seufzen auf, zumindest für ein weilchen.
seufzen ist auch keine lösung, sagt der naz, obwohl manche lösung durchaus anlass zum seufzen gibt.

---

[x] grazer autorinnen autorenversammlung

doch es ist noch zu früh, um wieder mit dem seufzen zu beginnen, sagt der naz.

677) **wie gehts dem naz eigentlich** mit seinem neuen hörgerät? gut, sagt der naz. gut, schimpft die jana, der die angewohnheit des naz, fragen mit nur einem wort zu beantworten, oder besser gesagt, einsilbig abzuwürgen, des öfteren ziemlich auf die nerven geht. huch. da der naz weiß, dass jede aufregung für den blutdruck der jana nicht gerade von vorteil ist, beendet er dieses kapitel an dieser stelle wieder. sorry, sagt der naz.

678) **mein neues hörgerät ist silbrig grau**, sagt der naz, zumindest der teil, der sich hinter dem ohr befindet. der teil, der sich direkt im ohr befindet ist klar- oder durchsichtig, um sich so unsichtbar wie möglich zu machen. eigentlich gehört es nicht wirklich zu den aufgaben eines hörgeräts, sich so unsichtbar wie möglich zu machen, denkt der naz.
ein hörgerät darf durchaus sichtbar sein, sagt der naz.
das hörgerät des naz bietet ihm die möglichkeit, zwischen drei lautstärken per knopfdruck zu wählen. eins, zwei, drei. der naz hört meist auf stufe eins. stufe zwei ist etwas gedämpfter und bietet ihm die möglichkeit, die welt etwas leiser zu schalten, stufe drei ist sehr laut und sehr schrill und mit vorsicht zu genießen. stufe eins, sagt der naz, ist mein ziel. stufe eins ist meine angestrebte neue normalität, eine alte normalität wird es für mich nicht mehr geben, sagt der naz, zumindest was mein hören betrifft. sicherlich, denkt der naz, mein neues hören führt zu einem neuen verstehen, zu einem neuen reagieren und in der folge zu einem neuen sprechen, denken, fühlen, kurz gesagt zu einem neuen naz. ich bin ein neuer alter naz, schmunzelt der naz, nicht mehr und nicht weniger. eins, zwei, drei. ein bisschen bin ich auch eine neue alte jana, kichert der naz. eins, zwei, drei. und ein neues altes universum, lacht der naz.

eigentlich müsste es jetzt *zwei, eins, drei* heißen, lacht das hörgerät.

679) **in österreich** lärmt gerade der wahlkampf. nationalratswahl, seufzt der naz, und es sieht nicht gerade links aus. ja, bei der derzeitigen politischen lage ist ein seufzer durchaus angebracht.
seufz.

680) **die jana sitzt etwas belämmert** an ihrem schreibtisch und vor ihrem computer. schlecht geschlafen. okay, das darf schon mal vorkommen, versucht sich die jana selbst zu trösten. man muss das schlecht schlafen ganz entspannt als eine der möglichkeiten sehen, die das leben bereithält, eine möglichkeit allerdings, die es früher, also im leben der jana als junge frau, nicht gab.
na siehst du, das alt und älter werden bringt immer wieder neue erfahrungen!
schöner war es allerdings, gut schlafen zu können und zwar in fast jeder schlafumgebung, ob laut, ob leise, ob hell, ob dunkel, ob weiches bett oder harter boden. und schon denkt die jana wieder an den urlaub auf der steinigen insel antikythira, wo es ihr und dem naz nichts ausmachte, direkt am asfaltierten boden des hafens zu schlafen.
warum aber schliefen die jana und der naz damals nicht in der wunderschönen griechischen landschaft, einfach irgendwo, zum beispiel zwischen den olivenbäumen?
natürlich stellt sich die frage nach einem bequemen schlafplatz des öfteren, wenn man mit schlafsack unterwegs ist und nicht immer ist es ganz einfach, sich zu entscheiden. unter den olivenbäumen zum beispiel war *erstens)* die rote und bröckelige erde nicht weich, wäre es *zweitens)* nötig gewesen, steine zu entfernen, was möglicherweise aber den besitzern des kleinen oliven-

haines seltsam vorgekommen wäre, *drittens)* aber lagen bewässerungsschläuche herum, dicke schwarze gummischläuche, in die in regelmäßigen abständen löcher gestochen worden waren, es wäre also durchaus möglich gewesen, durch eine kühle wasserdusche geweckt zu werden, da man ja nicht wusste, um welche uhrzeit die bewässerung der olivenbäume in gang gesetzt wurde. ja, und *viertens)* war der hang, an dem die wunderschönen, alten olivenbäume wuchsen, leicht abschüssig und der naz und die jana hatten schon einmal erlebt, dass man im schlaf auf abschüssigem boden durchaus um mehrere meter abrutschen kann, wenn man so richtig gut und fest schläft, wie es der naz und die jana damals noch ohne probleme zu tun pflegten und wie es der naz auch heute noch zu tun pflegt, wenn die jana ihn nicht aufweckt und darauf hinweist, dass er schnarcht, er sich also auf die seite drehen, ein glas wasser trinken, den kopf höher lagern soll. ja, die jana hat ein paar gute tipps gegen schnarchen, die sie bei sich selbst allerdings meist nicht zur anwendung bringt, weswegen der naz auf das wirksamste aller rezepte gegen schnarchen zurückgreift, wenn die jana zu schnarchen beginnt: *er hört einfach nicht zu.*
gelegentlich gelingt dies auch der jana, aber wenn sie einmal begonnen hat, zuzuhören, fällt es ihr schwer, ihre aufmerksamkeit anderen dingen zuzuwenden, fröhlicheren dingen beispielsweise und entspannenden dingen, was ja sowieso ein problem ist, wenn sich das nichteinschlafenkönnen einmal im kopf festgesetzt hat. die jana könnte sich natürlich auf die linke seite drehen, da sie auf dem rechten ohr schlecht hört, aber gerade wenn sie nicht einschlafen kann, fällt es ihr schwer, sich für eine position zu entscheiden, in der die zukünftigen einschlafversuche stattfinden sollen. als allerletzten ausweg bittet die jana dann den naz, auf dem ausziehbaren schlafsofa im nebenzimmer zu nächtigen. das ist irgendwie eine notlösung, weil die jana ja eigentlich glücklich ist, neben dem naz einzuschlafen und auf-

zuwachen, aber andererseits nicht glücklich ist, sich neben dem naz schlaflos hin und her zu wälzen und dabei dessen schlafgeräuschen entnehmen zu dürfen, dass er eine beneidenswerte schlaftiefe erreicht hat.

es kann richtig grantig machen, nicht einschlafen zu können und schlafgeräusche glücklich schlafender menschen zu vernehmen.

die jana erinnert sich, dass sie einmal schon mit gummiringerln auf einen schlafenden kollegen geschossen hat, dies allerdings zu einer zeit, als sie grundsätzlich schlafen konnte und sich daher über die tatsache, anlässlich ihrer therapieausbildung mit drei weiteren ausbildungswilligen in einem zimmer zu schlafen, vorher überhaupt keine gedanken gemacht hatte. als sie damals die in ihrem besitz befindlichen gummiringerln verschossen hatte, war sie, sie erinnert sich nicht mehr genau, ob unter weiteren schlafgeräuschen des kollegen, schließlich doch eingeschlafen.

jetzt gibt es noch die silikonstoppel, die die jana sich eigentlich gekauft hat, um im schwimmbad das wasser daran zu hindern, ihr in die ohren zu rinnen und dort eine entzündung des äußeren gehörgangs zu verursachen. zum schwimmen eignen sich die knetbaren silikonohrenstoppel nicht so besonders, da sie den gehörgang nicht zur gänze verschließen und daher doch immer wieder wasser eindringt, aber gut, vielleicht könnte die jana mit etwas übung die silikonstoppel besser zurechtkneten, das wäre möglich. jedenfalls aber machen die knetbaren silikonstoppel die welt ziemlich leise und könnten daher durchaus eine einschlafhilfe sein, man wird sehen.

geräusche, die das einschlafen stören, werden übrigens nicht in proportionalität zu ihrer lautstärke als störend empfunden, jeder und jede, die schon mit ein paar gelsen gemeinsam eine nacht verbracht hat, kann sich vielleicht an deren leises aber durchaus sehr präsentes surren erinnern, welches manchesmal mehr als die möglichkeit juckender einstiche dazu führt, dass man aufsteht, sich auf gelsenjagd macht, sich die decke über den kopf

zieht und hofft, dass man darunter nicht allzusehr schwitzt, oder falls vorhanden, ein zelt aufstellt, obwohl das schlafen unter dem sternenhimmel viel schöner ist.
womit wir beim fünften grund wären, der die jana und den naz dazu brachte, sich auf den asfaltierten boden des hafens zu legen.
die griechische insektenwelt.
ja, die griechische insektenwelt, die durchaus zahlreich und besonders gerne in den nächtlichen olivenhainen ihr unwesen trieb und treibt. außerdem, wie gesagt, hatten die jana und der naz anno dazumals mit hartem boden kein problem, auch wenn die jana sich manchmal, im halbschlaf, auf die andere seite drehte, weil ihr die linke oder rechte hüfte weh tat, was ihr aber damals weder kopfzerbrechen noch sorgenvolle gedanken an ein später vielleicht nötig werdendes künstliches hüftgelenk bescherte.
huch.

681) **ich schnarche nicht**, sagt der naz im halbschlaf, ich schnarche nicht. du hast geschnarcht, sagt der naz auch des öfteren, du hast dich mit deinem eigenen schnarchen aufgeweckt. meist behauptet die jana dann, dass sie überhaupt nicht geschnarcht haben kann, da sie wegen dem schnarchen des naz nicht einschlafen konnte und ergo wach war, also mitnichten die ursache dieses nervigen geräusches gewesen sein konnte. daraufhin taumelt der naz schlaftrunken und gütig lächelnd ins nebenzimmer, zieht das schlafsofa aus, sodass es die form eines gemütlichen schmalen bettes annimmt und schnarcht friedlich weiter, bis ihn die jana zeitlich in der früh zum zweiten mal weckt, um ihn wieder zurück ins gemeinsame bett zu holen. ich fühle mich einsam, sagt die jana. wiederum lächelt der naz gütig, nimmt sein janalein in den arm, und
schnarch.
schnarch.

schnarchen ist nicht wirklich ein weltbewegendes problem, schmunzelt der naz. viele alte menschen tun es, ja, und auch manch jüngere tun es mit begeisterung. ich mag alte menschen, sagt der naz, auch wenn sie schnarchen. mein altes schnarchendes janalein mag ich natürlich ganz besonders.

schnarchen, sagt der naz, war für mich nie ein problem und schon gar kein weltbewegendes. heutzutage, mit meinen wunderschönen hörgeräten, kann es gar kein problem mehr sein, sagt der naz, da ich meine hörgeräte beim zubettegehen aus den ohren nehme und ruhe von der welt habe.

hm, der naz spricht immer von seinem hörgerät, aber wenn man in beiden ohren eines trägt, müsste er richtigerweise von seinen hörgeräten sprechen. egal. ich liebe mein hörgerät, sagt der naz, obwohl ich oft gar nicht liebe, was ich jetzt wieder so alles zu hören kriege und auch hören kann.

am liebsten höre ich musik mit meinem hörgerät, schmunzelt der naz, aber lassen wir das, lassen wir das.

682) **im september des jahres 2017** war der naz zu einer podiumsdiskussion zum thema *autor*in im unruhezustand* eingeladen. die anderen diskutierenden waren patricia brooks und hermann hendrich, die dem naz beide sehr gut bekannt waren und sind. weiters war noch ruth aspöck am podium anwesend, die die gesprächsleitung innehatte. die podiumsdiskussion fand im rahmen der veranstaltungsreihe *wir sind doch nicht lesensmüde!* im großen seniorenraum im wuk[x] statt. organisiert wurde diese veranstaltungsreihe vom verein zzoo insbesondere von dessen obmann nikolaus scheibner. der naz schrieb für diesen abend

---

[x]das wuk (werkstätten- und kulturhaus) ist ein alternatives kulturzentrum im neunten wiener gemeindebezirk. *das wuk ist ein offener kulturraum, ein raum für die gelebte verbindung von kunst, politik und sozialem. darin manifestiert sich ein erweiterter kulturbegriff, der über die bedeutung von kultur im alltagssprachlichen hinausreicht.* (zitiert aus dem wuk leitbild von 1994)

ein kurzes statement, das er den leserinnen und lesern des verwicklungsromans, die bei dieser veranstaltung nicht mit dabei sein konnten, nicht vorenthalten will. ich bin heute sehr gut aufgelegt, nickt der naz. sehr gut aufgelegt und sehr kommunikativ. und auch ein bisserl verkatert, schmunzelt der naz.

autor*in im unruhestand

unruhestand. klingt nett. ist es aber nicht wirklich. unruhe ist der stand, der mich mein ganzes leben lang begleitete und mich höchstwahrscheinlich auch weiterhin begleiten wird. das hat jetzt nicht wirklich mit meiner tätigkeit als autor*in zu tun, nein, wirklich nicht, sondern eher mit der welt, in der ich lebe und mit der welt, die in mir lebt. egal. unruhestand ist hier wohl mehr im bezug auf ruhestand, älter werden, alt werden – oder umgekehrt – gedacht. bezieht sich mehr auf meine arbeit als autor*in etcetera... punkt. auch damit fühle ich mich nicht so recht getroffen, nein, mein weg zur autor*in war eher ein fluchtweg, ein weg um der lohnarbeit zu entfliehen. ich wurde in eine proletarische familie hineingeboren und bereits in der ersten klasse volksschule als arbeiter*in bezeichnet, oder als prolet*in, wobei prolet*in immer abwertend zu verstehen war und auch heutzutage meist so verwendung findet. mein vater war linke prolet*in, ich war durchaus erfreut, sein sohn zu sein. meine mutter ist gläubige christ*in, das wurde in unserer familie eher belächelt, aber durchaus toleriert. ja, ich bin durchaus erfreut, ihr sohn zu sein, obwohl mir jede art von glaube für immer fremd blieb. mit fünfzehn jahren begann ich meine ausbildung zur elektroinstallateur*in, doch ich sah wenig sinn darin, zu arbeiten, während andere macht ausüben, uns dieses machtausüben als arbeit schönreden und nie und nimmer in den ruhestand gehen wollen. warum auch. ruhestand bedeutet für diese menschen schlicht und einfach machtverlust und: wer will das schon. scheiße... ich beendete mit neunzehn jahren meine laufbahn als arbeiter*in. ich wurde autor*in, nein, nicht gleich, ich wurde freak. das wort freak hat kein geschlecht und ich habe alle geschlechter, die bereits benannten und auch die noch unbenannten. freak zu sein war anfänglich noch sehr vom hippie sein geprägt, bald wurde es glam und schließlich punk. autor*in zu sein, war immer nur ein teil meines seins, und es gab und gibt wahrlich viele teile. egal. als autor*in bzw. künstler*in lernte ich mich durchzubringen, ohne allzuviele kompromisse zu machen, obwohl ich nicht grundsätzlich gegen kompromisse eingestellt bin, kommt immer und überall darauf an, wie sich diese kompromisse darbieten. so weit so gut, ich bin jetzt einundsechzig jahre alt und habe mit sechzig meine letzte literarische einzelpublikation *heute. ein letztes buch* veröffentlicht, wahrlich wahrlich, es wird keine literarische einzelpublikation mehr geben, die den namen fritz widhalm trägt. was den teil meines daseins als autor*in betrifft, werde ich weiterhin mit der autor*in ilse kilic an unserem, bereits auf zehn teile angewachsenen, verwicklungsroman schreiben, ein *work in progress*, in dem wir unsere gemeinsame biografie neu schreiben, neu erfinden, um die vorstellung einer gerechteren welt in unseren gemeinsamen köpfen wach zu halten. der verwicklungsroman wird mit dem ableben einer der daran schreibenden personen sein ende finden. so ist es geplant, so wird es sein. ob ich nun eine autor*in im ruhestand oder unruhestand bin, kann ich nicht wirklich beantworten, würde aber durchaus beides für mich in anspruch nehmen. wenn es so etwas wie eine poplinke gibt, bin ich gerne bereit, ein teil von ihr zu sein. in einem buch schrieb ich mich als teil des arschproletariats nieder, ja, ich fühle mich durchaus und des öfteren im arsch daheim. ich liebe ärsche und ich verabscheue das schöne, das wahre, das gute und all ihre gegenteile sowie den individualismus der begüterten. ich mag das aufgeregtsein, meine wahrlich schwachen nerven und... rechtschreibfehler. hmmm, man könnte mich auch als linke hysteriker*in

zusammenfassen, ja, und außerdem trage ich seit neuestem ein hörgerät und kann euch alle wieder verstehen. was für ein gewinn.
ja, was für ein gewinn, lacht der naz, den man nicht immer ganz ernst nehmen sollte, der aber auch nie und nimmer zu spaßen pflegt. wenn der naz in seinem statement schreibt, *es wird keine literarische einzelpublikation mehr geben, die den namen fritz widhalm trägt*, könnte er sich freilich einfach ein neues pseudonym zulegen und fleißig weiterschreiben, gibt die jana zu bedenken. werde ich nicht, schüttelt der naz sein hübsches köpfchen und wiederholt sich mit viel nachdruck in der stimme. werde ich nicht, werde ich nicht, werde ich nicht.
dann lachen die jana und der naz fröhlich.

683) **das jahr 1989** war das jahr, in dem die kleine edition das fröhliche wohnzimmer, die der naz und die jana 1986 ins leben gerufen hatten, zum ersten mal eine *richtige* druckerei aufsuchte und den sammelband *buch* in einer auflage von tausend stück drucken und binden ließ. wow. das jahr 1989 war das jahr, in dem das schwein ins fröhliche wohnzimmer einzog und sich hurtig zu vermehren begann, sodass es in diesem zimmer belebter und belebter, enger und enger wurde, was schließlich dazu führte, dass die schweine 2006 einen eigenen stall bezogen, das glücksschweinmuseum. wow. das jahr 1989 war das jahr, in dem sich der eiserne vorhang öffnete. wow. darüber haben sich der naz, die jana und zahlreiche andere linke von herzen gefreut, sie sahen darin weder das ende ihres linksseins noch das ende der welt, sondern eine möglichkeit, die welt zu einer besseren zu machen. aber nein, aber nein, die westliche wirtschaft und auch politik verfiel in einen wahren siegestaumel und setzte zur eroberung an.
oh, wahn.

der so genannte *freie* westen badete sich in grenzenloser überheblichkeit und verweigerte sich jeder form von integration, die ja immer und überall eine gemeinsame sein sollte.
besonders widerlich fand der naz die erhobenen zeigefinger der so genannten wrestler, uups, westler, wenn wieder mal einer oder eine an den pranger gestellt wurde, weil er oder sie mehr oder weniger freiwillig mit der staatsmacht kooperiert hat, klar, das war scheiße, wenn irgendwer dadurch zu schaden kam, aber zur gleichen zeit hatten wir hier in österreich einen ehemaligen ss-offizier als bundespräsidenten und das scheint viele österreicher und österreicherinnen nicht sonderlich gestört zu haben.
huch, sagten die jana und der naz und gingen fleißig demonstrieren, manitou-sei-dank waren sie dabei nicht allein.
ich bin nicht gern allein, sagt der naz, bei demonstrationen nicht und sonst auch nicht.
ich habe noch nie allein gewohnt, sagt der naz, und werde es auch hoffentlich nie müssen.
ach, und was ich noch erwähnen wollte, sagt der naz, meine mutter, also die nazmutter, ist vor ein paar wochen in ein pflegeheim gekommen, sie ist sechsundachtzig jahre alt, und es geht ihr nicht besonders gut.
nein, es geht ihr gar nicht besonders gut.
ich freue mich trotzdem auf weihnachten, sagt der naz, und gibt der jana einen dicken kuss.
einen dicken feuchten kuss.
schmatz.
und noch einen dicken kuss.
einen dicken feuchten kuss.
schmatz.

683a) **ich freue mich auch auf weihnachten**, sagt die jana, und schaut den naz besorgt an, um herauszufinden, wie er sich fühlt, während er traurig ist und sich trotzdem freut.

die folgende fotostrecke zeigt bilder von der jana und dem naz, allein, zu zweit und mit weggefährt*innen, fotografiert von gerda und helmut schill im laufe des letzten jahrzehnts.

naturpark hohe wand, wanderung 2009

im caféhaus, wien 2007, gespiegelt im hintergrund der fotograf

rundumadum wanderweg um wien, 2008, mit im bild helmut schill und gasthund nikotscho

krauste linde, wienerwaldwanderung 2009

die jana und gerda schill beim abstieg vom kahlenberg, 2009

jana brenessel, lobau 2012

der autor und verleger günter vallaster eröffnet das *fritzfest* im einbaumöbel, wien 2016

die fröhliche wohnzimmerband feiert zum *fritzfest* eine temporäre wiedervereinigung: die jana, stefan krist und susa binder

auf der bühne des einbaumöbel: die jana, jonopono, michaela hinterleitner, rica fuentes-martinez, susa binder, jopa jotakin

der naz alias der fritz als DJ beim *fritzfest* im einbaumöbel, ja, der naz feierte 2016 seinen 60. geburtstag

fritzfest - der fritz alias der naz liest im werk, wien 2016

der naz und birgit schwaner beim *fritzfest*feiern, wien 2016

nach der präsentation des verwicklungsromans nummer zehn
oben: die jana mit jopa jotakin und günter vallaster
unten: die jana und der naz mit christine huber mit mops rostam,
juliana kaminskaja, andrea knabl, jopa jotakin, günter vallaster,
daniel terkl, literarisches quartier alte schmiede, wien 2017

684) **für mich ist allein wohnen auch nicht das richtige**, sagt die jana und nickt dem naz bestätigend zu. ich habe nur einmal in meinem ganzen leben allein gewohnt, das war zwischen meinem sechzehnten und achtzehnten lebensjahr, als mein vater in ein pflegeheim eingewiesen worden war. ich war daher meiner pflegerischen aufgaben enthoben und musste mir keine sorgen mehr machen, meinem vater könnte, während ich in der schule bin oder abends fortgehe, etwas passieren. ich musste mich nicht mehr davor fürchten, meinen vater beim heimkommen bewusstlos oder gar tot vorzufinden, was er mir des öfteren angekündigt hatte. ja, *du wirst einmal heimkommen und ich werde tot sein*, war ein spruch, den der janapapa des öfteren von sich gab, wenn er der jana die freude am außer haus gehen nehmen wollte, vermutlich in der irrigen annahme, sie würde dann bei ihm zuhause bleiben und wäre vor den gefahren der straße geschützt.
das allein wohnen, nachdem der janapapa im pflegeheim war, war allerdings ebenfalls von ängsten belastet.
ist die wohnung gut abgesperrt?
lauert irgendwo in der wohnung bereits ein einbrecher oder sonst jemand, der böses im schilde führt?
gibt es gespenster, für die eine versperrte wohnungstür kein hindernis ist?
die kleine jana hatte einige gruselfilme gesehen und fürchtete sich, wobei sie heute die meinung vertritt, dass sie sich mit der angst vor gespenstern oder einbrechern davon ablenken wollte, dass sie niemanden hatte, der ihr unterstützung beim leben angedeihen ließ und dass es diese einsamkeit war, die ihr angst machte, mehr angst jedenfalls als einbrecher oder gespenster, deren auftreten ja unwahrscheinlich bis unmöglich war, wenn sie ihre situation bei tageslicht betrachtete. gelegentlich schlief die jana bei brennendem licht mit dem rücken an die wand ihres kinderzimmers gelehnt, nachdem sie vor dessen türe einen

großen, schweren fauteuil geschoben hatte.
nein, sagt die jana, allein wohnen ist mir nicht in guter erinnerung, und ich hoffe, dass ich nie wieder allein wohnen muss. diese hoffnung bedeutet, dass die jana sich inständig wünscht, dass der naz und sie bis ans ende ihrer tage zusammen wohnen können. man wird sehen. der naz hat anlässlich der jubiläumsveranstaltung *zwanzig jahre vewicklungsroman* gesagt, dass, wenn der verwicklungsroman vierzig jahre alt ist, er selbst, also der naz, achtzig jahre alt sein wird. es wäre schön, dieses alter gemeinsam zu erreichen, lächelt die jana, die heute einen glückskeks erhalten hat, in dem sich folgender satz fand: *du wirst ein langes leben haben*. es war janas glückskeks, obwohl ihn der naz aufgemacht und auch gegessen hat, somit kann man eigentlich davon ausgehen, dass diese prophezeiung für beide gilt, nicht wahr?
der naz nickt bestätigend. wir werden sicherlich ein langes leben haben, sagt der naz und lächelt, egal, wie alt wir dabei werden.

685) **die jubiläumsveranstaltung** *zwanzig jahre verwicklungsroman* fand am 16.11.2017 im literarischen quartier der alten schmiede statt. die literaturwissenschaftlerin juliana kaminskaja, einigen aufmerksamen leserinnen und lesern bereits bekannt, war aus russland angereist, um über den verwicklungsroman zu sprechen und tat dies in überaus charmanter weise. der autor günter vallaster als langjähriger verleger des verwicklungsromans hatte den abend organisiert und bedeckte den büchertisch mit stapeln von verwicklungsromanen von band eins bis band zehn, wobei diese stapel nach dem auf die veranstaltung folgenden buchverkauf zur großen freude aller beteiligten deutlich kleiner geworden waren.
juhu, juhu.
der dichter, künstler und freund jörg piringer hat sogar alle zehn verwickelten bände gekauft, die im gesamtpaket zum sonder-

preis angeboten wurden. jopa jotakin und andrea knabl hatten für die veranstaltung einen film mit dem titel *verwickelt* gedreht, der von zumindest einem anwesenden publikum als verlobungsfilm der beiden filmemacher*innen aufgefasst wurde, wie die jana, der naz und der für die technische betreuung des abends zuständige freund und kollege august bisinger auf dem etwas frostigen und windigen gemeinsamen heimweg erfuhren.
oho, oho.
leider war der heimweg nicht nur frostig und windig, sondern die heimwärts eilenden konnten es auch nicht lassen, sich noch einige bierdosen an einem der am weg liegenden würstlstände zu kaufen, was den nächsten tag vor allem für den naz und ein bisschen auch für die jana zu einem etwas mühsamen tag machte.
ja, so kann es kommen, wenn man in der kälte mit klammen fingern seine bierdose festhält und diese, möglicherweise kältebedingt, etwas übereilt austrinkt, vielleicht in der hoffnungsfrohen annahme, danach endlich das zuhause zu erreichen und ins warme bettchen zu schlüpfen, was aber, zumindest in diesem falle, sich als irrige annahme herausstellte, weil nämlich jopa jotakin flugs eine weitere ladung gefüllter eiskalter bierdosen herbeischaffte.
juhu, oho.
ja, nachtwürstelstände sind in dieser hinsicht nicht ungefährlich, kichert die jana. ausnahmsweise hat der kater diesmal den naz erwischt, der sich sonst gerne über ihr jammern lustig macht, während sie, ganz edelmütige hilfsbereitschaft, in aller frühe in die apotheke geeilt ist, da der naz über starke kopfschmerzen klagte.
in dieser situation konnte die jana es nicht lassen, den naz daran zu erinnern, dass ihm, als sie einmal wegen kopfschmerzen ein fröhliches silvestertrinkgelage verfrüht verlassen musste, ja, manchmal setzt das katerkopfweh schon während des trinkens ein, dass ihm also nichts besseres und lustigeres eingefallen war,

als die jana daheim anzurufen und ihr, stimmlich begleitet von der schriftstellerin brigitta falkner, durch das telefon ein heiteres ständchen zu bringen und damit das kopfweh der dem schlaf entrissenen jana neu zu entfachen.
ja, so lustig war das trinken mitunter.
ja, lieber naz, so lustig kann das trinken sein, und
geht es dir schon ein bisschen besser?

686) **mir gehts ausgezeichnet**, sagt der naz. so ein kleiner kater geht vorüber, einfach vorüber, auch wenn er mit zunehmendem alter immer länger und länger anhält, irgendwann entschließt sich dann doch jeder kater weiter- und vorüberzugehen.
und das lustige am miteinander trinken kehrt zurück, lacht der naz.
mir gehts außergewöhnlich hervorragend, nickt der naz und überlegt sich, ein bier vom würstelstand in der josefstädter straße zu holen, heute ist sonntag, der 3.12.2017 und die geschäfte haben geschlossen. willst du auch ein bier, fragt der naz die im nebenzimmer am computer sitzende jana. nein, antwortet die jana, mach mir lieber einen tee. einen tee, fragt der naz. ja, einen tee, sagt die jana, und für dich und deine gesundheit ist es auch besser, einen tee anstatt ein bier zu trinken. hm, da ist sich der naz zwar nicht so sicher, aber was solls, er geht in die küche und macht zwei häferl tee, für die jana mit milch und für ihn ohne milch. igitt, denkt der naz beim anblick von janas vollem milchteehäferl. igitt.
der naz kehrt zurück an seinen schreibtisch und überlegt, was er jetzt genau an dieser stelle im elften teil des verwicklungsromans aufschreiben soll.
ich brauche musik zum überlegen, denkt der naz, ich brauche musik. ohne musik kann ich eigentlich gar nicht wirklich überlegen und ohne überlegen komm ich nie drauf, was ich an dieser

stelle im elften teil des verwicklungsromans aufschreiben soll.
ist doch klar, sagt der naz. klar, bestätigt sein pseudonym fritz.
musik musik musik. *ich brauche keine millionen, mir fehlt kein pfennig zum glück, ich brauche weiter nichts als nur musik, musik, musik. ich brauch kein schloss um zu wohnen, kein auto funkelnd und schick, ich brauch weiter nichts als nur musik, musik, musik*, trällert der naz geistesabwesend. marika rökk, sagt das pseudonym fritz. mir gefällt die version, die manfred krug für sein im jahr 2000 veröffentlichtes album *schlafstörung* aufgenommen hat, besser, sagt der naz, aber irgendwie ist es nicht die richtige musik zum überlegen. nein nein, schüttelt der naz sein weißes haupt und zwar so heftig, dass es den ganzen naz schüttelt, nein nein.
der naz greift nach der cd *live* von doctor hook and the medicine show und legt sie ins cd-fach seines computers.
schwupps.
diese cd beginnt mit dem song *the yodel song (i need a little this a little that)*, bei dem ray sawyer so toll jodelt, dass der naz sofort vergisst, wie es ihm so geht. auch die über achtminütige live-version des songs *carry me, carrie* liebt der naz sehr. doctor hook and the medicine show waren eine tolle band, sagt das pseudonym fritz und der naz nickt bestätigend. ray sawyer und dennis locorriere waren tolle sänger, sagt das pseudonym fritz und der naz nickt wiederum bestätigend. ray sawyer hat 2017 seinen achtzigsten geburtstag gefeiert und dennis locorriere seinen achtundsiebzigsten, stellt das pseudonym fritz fest, wobei es ungläubig sein weißes haupt schüttelt.
pseudonyme haben kein haupt, auch kein weißes, sagt der naz.
oh doch, ärgert sich das pseudonym fritz, oder glaubst du, ich schreibe deine literatur ganz ohne haupt, unbehauptet sozusagen.
der naz überlegt. vielleicht sollte ich an dieser stelle im elften teil des verwicklungsromans über das alter schreiben, mich und mein alter aufschreiben.

gute idee, reibt sich das pseudonym fritz die hände und setzt sich an die tastatur.
verschieben wir das aufschreiben auf morgen, winkt der naz ab, ich würde jetzt viel lieber ins bett gehen und vor dem einschlafen noch ein wenig im buch *david bowie hundert seiten*[x] von frank kelleter lesen. okay, nickt das pseudonym fritz, dann ab ins bett. wir gehen ins bett, ruft der naz ins nebenzimmer, in dem die jana an ihrem computer sitzt und mit der freundin und kollegin michaela hinterleitner telefoniert, der sie einmal den vorschlag machte, für ihre künstlerische arbeit das pseudonym mich hinterle zu verwenden. michaela hinterleitner konnte sich aber mit diesem pseudonym nicht so recht anfreunden.
schade, sagte mich hinterle, die gerne als pseudonym von michaela hinterleitner aufgetreten wäre.
hm, überlegt der naz.
hmm, hmmm.
ich habe früher mal für kurze zeit pseudonyme wie wahnfritz schleudersitz, gai saber etcetera etcetera für meine künstlerische arbeit in verwendung gehabt, waren das jetzt schlicht und einfach nur meine pseudonyme oder waren sie auch gleichzeitig pseudonyme meines pseudonyms fritz?
?, denkt der naz.

687) **ab ins bett**. ich komm dann gleich, ruft die jana aus dem nebenzimmer. ich komm dann gleich, wiederholt die jana nach einer halben stunde ihren ruf. ich komm dann gleich, wiederholt die jana nach einer stunde ihren ruf. ich komm dann gleich. ich komm dann gleich. ich komm dann gleich.
der naz und sein pseudonym fritz sind nach mehreren stunden interessierten lesens über david bowie eng umschlungen eingeschlafen.

---

[x]david bowie: *and the next day and the next and another day.*

688) **ich bin nun ein alter naz**, denkt der naz, noch kein ganz alter naz, aber mit fast zweiundsechzig jahren ist man auch kein junger naz mehr. auch die schönheit des naz hat sich mit den jahren geändert, nein nein, sie hat nicht abgenommen, der naz war, ist und wird immer schön bleiben, das ist klar, aber die aktuelle schönheit des naz braucht einfach eine andere inszenierung als die schönheit des jungen naz. als kind war der naz linker proletarier und sehr sportlich. das linkssein behielt der naz bei allen weiteren darbietungen seiner person bei. das ist mir wichtig, sagt der naz, sehr wichtig. als jugendlicher war der naz glamdiva, sehr speedig und mit leicht hysterischem interesse an sex und kunst. kunst und sex, lacht der naz. dann wurde der naz punk, die darbietung seiner person wurde wieder etwas proletarischer, sex und kunst waren nicht mehr ganz so wichtig, aber doch. do it yourself, lacht der naz. als nächstes wurde aus dem naz der zweierbeziehungsnaz, er hatte sich mit der jana zusammengetan und übte fleißig an seiner darstellung vom zweisein. der sex hieß nun jana, lacht der naz. an der seite der jana inszenierte sich der naz dann zunehmend als eine mit allen wassern gewaschene kunstschaffende sowie kunstseiende persönlichkeit, anfänglich mehr still aggressiv, dann eher in richtung beharrliche gelassenheit, und
als schweinehirt in unserem glücksschweinmuseum, lacht der naz.
aber wie soll der alte naz nun sein, kratzt sich der alte naz am popo, wie soll der alte naz strukturiert sein?
das alter ist kein problem, denkt der alte naz, das alter kommt von selbst, ja, man wird einfach alt und ist es dann. unklar ist mir nur noch, wie trete ich als alter naz in dieser welt in erscheinung? was bleibt? was verabschiedet sich?
das links bleibt, lacht der naz, das kunstschaffen hat sich schon teilweise verabschiedet, das dichten wird bald nur mehr im verwicklungsroman stattfinden. das kunstsein könnte ich eventuell

ein bisserl stärker betonen, überlegt der naz. ich könnte es auf meine alten tage auch mit gesellig sein versuchen, das wäre neu für mich und die welt. anfänglich könnte ich es aggressiv gelassen anlegen und dann langsam in eine ausdauernd stille gesellige phase überleiten, lacht der naz.
passen hosenträger zum aggressiv gelassenen geselligsein?

688a) **das links bleibt**, bestätigt die jana. auch das zweisein bleibt, solange es den verwicklungsroman gibt, da dieser nur zu zweit geschrieben werden kann. und der sex bleibt ebenfalls, wenn auch eine gewisse bequemlichkeit einzug gehalten hat. ja, und die geselligkeit, sagt die jana, die sich im unterschied zum naz als durchaus gesellig versteht, die geselligkeit bleibt mir ebenfalls, auch wenn es mir nicht mehr ganz so leicht fällt, mich für menschen zu begeistern und ihre und meine absonderlichkeiten und so genannten huscher liebevoll in einklang zu bringen.

689) **ich bin nun eine alte jana**, sagt die jana. so ganz zum lachen ist das zwar nicht, aber nicht lachen ändert auch nichts daran, also kann man gleich die zähne zusammenbeißen und lachen, falls das mit zusammengebissenen zähnen überhaupt möglich ist.
die jana hat ihren sechzigsten geburtstag noch vor sich und, wahrlich wahrlich, wenn der jana vor zwölf jahren jemand gesagt hätte, du wirst deinem sechzigsten geburtstag mit zusammengebissenen zähnen entgegenlachen, da hätte die jana ungläubig den kopf geschüttelt. denn vor zwölf jahren, ja, ziemlich genau vor zwölf jahren, hatte die jana die therapie ihrer ersten brustkrebserkrankung gerade abgeschlossen und konnte, nein, wagte nicht so recht, sich ein älterwerden vorzustellen, vor lauter angst, sich selbst in falschen hoffnungen zu wiegen oder womöglich das glück der genesung zu *verschreien*, also, es dadurch,

dass man es beim namen nennt, womöglich zu verjagen.
das glück verschreien heißt, sich über etwas zu freuen, was noch nicht ganz gesichert ist, dabei dieser freude ausdruck zu verleihen und sich dadurch umso verletzbarer zu machen, wenn der fall eintritt, dass das, über dessen gelingen man sich lautstark gefreut hatte, unverhofft misslingt.
unverhofft kommt nämlich oft, wie ein dummer spruch aus dem volksmündlichen sprüchekabinett lautet. also war die jana ganz still geblieben, hatte sich still und leise gewünscht, weiterzuleben, einfach weiterzuleben.
vor etwa zwölf jahren wurde auch das glücksschweinmuseum eröffnet, und die jana weiß noch, wie sie gedacht hat: wenigstens fünf jahre sollte man ein solches museum schon haben, damit es von möglichst vielen leuten bemerkt wird. manche dinge beziehen ja ihre wichtigkeit auch aus ihrer dauer. zum beispiel hat es keinen sinn, einen kleinverlag zu gründen und diesen verlag dann nur ein paar monate zu betreiben und nur ein oder zwei bücher herauszugeben.
naja, überlegt der naz, eigentlich macht es schon sinn, aber es wird dann eben ziemlich im verborgenen geschehen, weil es einfach zeit braucht, bis die mitmenschen auf so ein projekt aufmerksam werden.
naja, überlegt die jana, eigentlich macht es wirklich sinn, und es macht auch nichts, wenn projekte ziemlich im verborgenen blühen, im gegenteil, das verborgene blühen ist oft besonders schön und verlockend, weil es nämlich gefunden und entdeckt werden will.
naja, es ist nicht so einfach, im verborgenen zu blühen und entdeckt zu werden, seufzt die jana, und dies wiederum macht das verborgensein zu einer schwierigen und anstrengenden sache.
jedenfalls dachte die jana vor etwa zwölf jahren, ich muss mich anstrengen, denn ich will mindestens noch fünf jahre leben und mich um unser neues glücksschweinmuseum kümmern. jetzt

aber, nach zwölf jahren, überlegen der naz und die jana, dass es eine zeit geben wird, in der sie sich auch ohne glücksschweinmuseum des lebens erfreuen, genauso, wie sie sich ja auch vor dem jahr 2006 ohne glücksschweinmuseum des lebens erfreut haben, das heißt, nicht ganz genauso, denn damals waren sie zwölf jahre jünger und jetzt sind sie zwölf jahre älter, was nicht heißt, dass sie sich weniger des lebens erfreuen, aber anders, ja, anders ist es schon, das erfreuen am leben.
anders, anders, anders.

690) **die jana ist eine kluge jana**, sagt die jana. schönheit nennt die jana weniger ihr eigen, und wenn, dann ist es eine eigenwillige schönheit, die im verborgenen blüht und darauf wartet, entdeckt zu werden. huch, die jana musste ihre verborgene schönheit selbst erst entdecken. ihre klugheit entdeckte die jana bereits mit ihrer dickdicken brille, also in ihrer frühen kindheit. der dickdicken brille zum trotz kam auch der sport in ihrer frühen kindheit nicht zu kurz. geräteturnen. reck, ringe, stufenbarren, bock, pferd und kastenspringen. unglaublich, aber wahr. der sport half der jana, sich in dieser welt zu bewegen. bald darauf entdeckte die jana auch die ungerechtigkeiten in dieser welt. wieso haben manche kinder nichts zu essen? die jana stellte sich vor, als entwicklungshelferin in die große weite welt zu ziehen und mit dabei zu sein, wenn dem hungern ein ende bereitet würde. erst später verwandelte sich dieses diffuse gefühl von unrecht in links sein. ja, das hatte etwas mit klugheit zu tun. nein, ungerechtigkeiten sind keine naturgesetze wie etwa die schwerkraft. kleinjana wurde ein hippiemädchen mit dickdicker brille, sehr neugierig auf fast alles. es folgten einige nicht unkomplizierte jahre mit viel leiden und leidenschaft, lust und verlust, ja, die jana lernte diese welt kennen und begegnete schließlich dem naz, welch ein glück.
wie aber soll die jana sich als alte jana entwerfen? macht ent-

werfen überhaupt sinn, oder ist es vielmehr so, dass man zwar entwirft und pläne macht, diese aber eher dazu da sind, durchkreuzt zu werden von dem, was sich ereignet und das leben ausmacht? anderseits erfordert die mitgestaltung an der eigenen person auch ein bisschen planung und experiment. aber wie?
ich werde, denkt die jana, das projekt alte jana im auge behalten und hoffe, dass es ein dauerhaftes projekt wird, das nicht nur, aber auch im verborgenen blüht und entdeckt werden will. vielleicht könnte ich, wenn ich selber nicht mehr so aktiv am literarischen leben teilnehme, weil ich diese teilnahme ein wenig reduziere, vielleicht also könnte ich eine kritische beobachterin des literarischen lebens werden, überhaupt dann, wenn ich vielleicht wirklich nach einer möglichen und hoffentlich glücklichen erfahrung der operation des grauen stars so scharf und gut sehe, wie ich in meinem ganzen leben nicht gesehen habe. ja, und ach. ja, und
oho. stichwort, klugheit ohne dickdicke brille.

691) **ich war immer und überall** ganz ohne dickdicke brille klug, denkt der naz. ich habe erst durch die jana erfahren, dass manche menschen zum klugsein eine dickdicke brille brauchen, schmunzelt der naz, aber bei vielen menschen scheint auch eine dickdicke brille kein garant für klugheit zu sein. vielleicht kommt meine klugheit daher, überlegt der naz, dass ich in sehr jungen jahren meine beiden oberen schneidezähne verloren habe. oder hängt sie doch eher mit den gehirnerschütterungen zusammen, die sich im laufe meines lebens ereigneten? vielleicht bin ich bei jeder gehirnerschütterung ein bisschen klüger geworden?
die erste gehirnerschütterung hatte der naz als kind beim eisrutschen. der naz rutschte aus schierer lebenslust einen eisigen hügel hinunter, einmal, zweimal, dreimal, und
bumms.

der naz krachte mit dem hinterkopf aufs eis.
als das bewusstsein wieder zum naz zurückkehrte, lag er im elterlichen bett und alle im zimmer anwesenden personen wirkten sehr besorgt.
ich erholte mich rasch wieder und, schmunzelt der naz, war danach klüger als je zuvor. ob mein kopf nach meiner ersten gehirnerschütterung geröntgt wurde, weiß ich nicht mehr, glaube aber eher *nein*.
insgesamt hatte der naz vier gehirnerschütterungen, zwei davon waren mit einem spitalsaufenthalt verbunden, bei der dritten kam sogar das gerücht auf, dass der naz daran verstorben sei.
wow. die dritte gehirnerschütterung war die folge eines spektakulären absturzes von einem hochbett, wobei der naz mit dem kopf gegen einen rippenheizkörper knallte und erst wieder im spital das bewusstsein erlangte, als eine ärztin mit nadel und zwirn die platzwunde auf seinem kopf schloss. au, und weh, au, und
wow. die klugheit des naz wurde wahrlich immer größer und größer.
wo sind die ganzen schwarzen filzstifte, flucht die jana und läuft im zimmer auf und ab.
keine ahnung, sagt der naz und versucht sich weiterhin auf die arbeit an diesem verwicklungsroman zu konzentrieren.
wahrscheinlich hast du sie in deinem ordnungswahn irgendwo hingeräumt, flucht die jana und läuft weiterhin im zimmer auf und ab.
wo hast du schon überall gesucht, fragt der naz geduldig.
überall, flucht die jana, überall, überall, überall.
schließlich erhebt sich der naz von seinem schreibtisch und begibt sich zum großen tisch an der gegenüberliegenden zimmerwand, auf dem sich ein orangefarbenes behältnis für stifte aller arten befindet, und entnimmt diesem drei schwarze filzstifte.
im orangefarbenen stifte-aller-art-behältnis hast du anscheinend

noch nicht nachgesehen, stellt der naz fest, wobei man bei genauerem hinhören durchaus einen leicht schnippischen unterton erkennen, nein, erahnen könnte, aber lassen wir das, lassen wir das.

692) **am 18.12.2017** waren die jana und der naz auf der straße, um gegen die angelobung der schwarzblauen, nein, türkisblauen regierung zu demonstrieren. zum glück waren sie dabei nicht nur in trauter zweisamkeit unterwegs, sondern gemeinsam mit tausenden anderen menschen. die anzahl der demonstrant*innen schwankte, je nach ausführendem organ der schätzung, von zirka fünftausend bis zirka zehntausend. die türkisfarbene liste sebastian kurz, auch neue volkspartei genannt, und die blauen freiheitlichen unter der führung von heinz-christian strache wollen, dass österreich mit einer steifen brise rassismus und sozialabbau, sprich einsparungen im sozial-, gesundheits- und pensionssystem, an wirtschaftlichem schwung zulegt.
etcetera, etcetera, etcetera.
system, system, system.
es ist einfach nur grauslich und traurig, wenn ein menschenverachtender rechtspopulismus immer mehr und mehr zur normalität wird, sagt der naz und notiert sich den 13.01.2018 in seinem kalender. an diesem tag soll eine weitere demonstration gegen die neue türkis-blaue regierung stattfinden.
huch, sagt der naz, huch, huch, huch.
nein, das soll keine werbung für das äußerst lesenswerte buch *:huch.* des schriftstellers und pseudonyms fritz widhalm sein, sondern schlicht und einfach ein ausdruck des entsetzens, seufzt der naz.
:huch. ist ein gutes buch, nickt das pseudonym fritz widhalm.
ja, nickt der naz, aber lassen wir das, lassen wir das. lassen wir dieses kapitel 652 mit einem zitat des 1997 verstorbenen künstlers jerry dreva enden, nickt der naz und nickt, nickt und nickt.

indem wir spaß haben, bekämpfen wir die heterosexuelle faszination des todes. unsere leben sind unsere kunst. unsere kunst ist unsere politik. unsere politik ist, wie wir lieben. unser job ist die erotische wissenschaft der verbindungen.

693) **die fröhliche wohnzimmerband** spielte im jahr 1990 zum ersten mal im so genannten ausland. und gleich ganze zweimal. wow, schmunzelt der naz. einmal in břeclav und einmal in brno. die fröhliche wohnzimmerband bestand 1990 für kurze zeit aus fünf musiker*innen, das waren bernhard-mit-dem-flotten-schritt, der naz, die jana, stefan krist und sonja wally. bei beiden auftritten wurden die wohnzimmersongs *(what's going on) in a happy living room*, *we need the voices of destruction*, *pips pips brumm*, *right to do left nothing* und *welcome to the system* zum besten gegeben. die wohnzimmermusiker*innen übten sich zwar im gebrauch aller zur verfügung stehenden instrumente, was zu öfterem instrumentenwechsel auf der bühne führte, trotzallem gab es aber so etwas wie ein bevorzugtes instrument pro wohnzimmer*in.
der naz überlegt.
bernhard-mit-dem-flotten schritt spielte oft die geige, die gut zu seiner langen und dünnen figur passte. seine figur schien beim spielen förmlich mit der geige zu verschmelzen, was seinem spiel einen besonderen klang verlieh, erinnert sich der naz.
der naz war häufig an der gitarre zu hören, auf der er eine menge rhythmischen lärm zu erzeugen verstand. als sonja wally die band verließ, wechselte das pseudonym fritz ans schlagzeug, hinter dem er ganz und gar im rhythmus aufging.
die jana hatte ebenfalls häufig die gitarre umgehängt, wobei sie mehr für die zwar schrillen, aber im grunde melodischen töne verantwortlich war.
manchmal übernahmen die jana oder der naz auch den bass, der aber immer eher eine untergeordnete rolle in der wohnzimmer-

musik spielte.
stefan krist war der bevorzugte wohnzimmerblechbläser, er spielte das bassflügelhorn und die posaune, auch eine selbstgebastelte papposaune kam zum einsatz.
ja, und sonja wally schlug den rhythmus im stehen, genau wie mo tucker bei the velvet underground. bumm, bumm, bumm. ab und zu griff sonja wally auch zur melodika.
der auftritt in brno war ein gelungener, sagt der naz, die anlage war super, der tontechniker äußerst kooperativ, die bühne riesig und das wohnzimmer in bester spiellaune. wow. es spielten auch noch eine finnische und eine tschechische band.
über den auftritt in břeclav kann der naz nichts sagen und schreiben, da es der einzige auftritt der wohnzimmerband ohne den naz war. der naz wurde an der grenze abgewiesen, da sein reisepass ein paar tage davor abgelaufen war. die jana und sonja wally weinten ein bisschen, als der naz den zug verlassen musste, bernhard-mit-dem-flotten-schritt und stefan krist weinten nicht, aber schauten beim abschied etwas bekümmert drein. männer weinen nur innerlich, lacht der naz. der auftritt fand trotzdem statt. der song, bei dem der naz den hauptgesang inne gehabt hätte, wurde einfach als instrumental dargeboten. nein, nicht ganz instrumental, der refrain wurde von der jana, bernhard-mit-dem-flotten-schritt und sonja wally wie geplant zum besten gegeben. und stefan krist blies dazu aus vollem hals.
so, jetzt geht der naz auf die post.
das jahr 2018 hat begonnen und ein paar einreichungen für die edition das fröhliche wohnzimmer müssen losgeschickt werden. schnell schnell, bevor die neue regierung womöglich bei der kultur einzusparen beginnt.

694) **es wird mal wieder zeit** für ein paar fußnoten, sagt der naz. der naz liebt fußnoten, nicht umsonst ist einer seiner gedichtbände in der edition *fußnoten zur weltgeschichte* erschie-

nen. und übrigens, ohne fußnoten[x] ist ein verwicklungsroman nur halb so gut verwickelt.

655) **tschau**, ruft der naz, ich geh jetzt auf die post, und schon ist er draußen.
grau ist schönheit, die sich langweilt, hat ray davies von der popband kinks mal festgestellt.
seit sommer 2017 hat der naz eine neue lieblingshose, sie hat die farbe grau.

696) **grau, grau, grau**, das war der heutige himmel. so ein winterhimmel kann in der tat sehr grau sein. auch der gestrige himmel war grau und ließ feinen nieselregen fallen, sodass die jana und der naz ein bisschen nass und frierend nach der gestrigen, 13.1.2018, demo[xx] gegen die türkisblaue regierung flugs ins café phönixhof eilten, um dort mit dem freund und kollegen jörg

---

[x] beim wort fußnoten muss der naz immer an die literaturzeitschrift *kopfnoten* denken, die von 1980 bis 1981 von waltraud haas, gerald grassl und wolfgang r. kubizek herausgegeben wurde. der naz hat sich damals alle fünf nummern dieser zeitschrift gekauft. *poesie hier... in unserem land hat nur wenig möglichkeit der veröffentlichung. diverse literaturzeitschriften sind zwar bereit, zwei oder drei gedichtchen abzudrucken, aber auch hier ist man erpicht auf „große" dichternamen. unsere zeitung möchte nur lyrik veröffentlichen. wir werden uns bemühen mindestens viermal im jahr zu erscheinen. in jeder nummer sollen ein bis höchstens drei lyriker vorgestellt werden. in unserer auswahl werden wir vor allem darauf achten, bisher unveröffentlichte autoren, beziehungsweise autoren, von denen wir glauben, daß man auf sie verstärkt aufmerksam machen sollte, vorzustellen*, stand in der ersten nummer zu lesen. natürlich waren auch autorinnen mitgemeint, zumindest waren in der ersten nummer auch texte von waltraud haas enthalten, deren gedichte der naz sehr schätzt.

[xx] bei der demo trugen die jana und der naz ansteckbuttons der gruppe *omas gegen rechts*. die beiden sind zwar genau genommen keine omas, hätten aber das richtige alter und sind gewissermaßen omas im geiste, vor allem omas gegen rechts, also alte frauen, die beherzt ihre stimme gegen die durchaus besorgniserregenden politischen entwicklungen erheben.

piringer ein paar biere zu trinken. ob die regierung schon zurückgetreten ist?, fragte die jana, als der naz und sie auf etwas wackeligen beinen nachhause kamen. das glaube ich nicht, antwortete der naz, nein, das glaube ich nicht. und der naz hatte recht, leider, und nicht zum ersten mal.
heute ließ der graue himmel ein paar schneeflocken fallen und der naz und die jana machten eine wanderung. vielleicht war es auch nur ein kleiner spaziergang, ganz genau kann die jana das nicht sagen, nur dass es ihr wichtig ist, in der woche mindestens fünf stunden bewegung zu machen, das können spaziergänge sein oder wanderungen, das kann schwimmen sein oder wassergymnastik, das kann fahrradfahren sein oder strampeln auf dem so genannten zimmerfahrrad. fünf stunden die woche, daran führt kein weg vorbei, sagt die jana, naja, manchmal schon, aber nicht sehr oft, nein, nicht sehr oft.
die jana hat übrigens in der letzten durchaus ereignisreichen woche wieder die so genannte krebsnachsorgeuntersuchung gehabt und war, wie immer, einige tage davor ziemlich durch den wind. es ist wie eine erlösung, sagt die jana, wenn frau doktor kientzer die wunderschönen worte ausspricht, die da lauten: *da ist alles in ordnung, alles unauffällig.* gleich nach dem unauffälligen befund sind die jana und der naz auf den hauptbahnhof gegangen und haben sich fahrkarten für eine kleine reise nach berlin gekauft, wo die jana ihren nächsten geburtstag verbringen will. es ist immer schön, eine kleine reise zu planen, besonders schön ist es, eine reise zu planen, wenn man einen unauffälligen befund sein eigen nennt, davon kann die jana ein liedchen singen, da sie seit nunmehr schon dreizehn jahren in engmaschiger kontrolle ist.

697) **der auftritt in břeclav**, an dem der naz in ermangelung eines gültigen reisepasses nicht mitwirkte, war in der tat einer der weniger geglückten auftritte, erinnert sich die jana. es stimmt

zwar, dass wir vier unser bestes gaben, aber die abwesenheit des naz bewirkte bei uns eine gewisse dämpfung unserer auftrittsfreude, also wir kamen einfach nicht so richtig in stimmung. zusätzlich, das muss die jana zugeben, passierten ihr einige fehler, sie verpasste mindestens einmal ihren einsatz und außerdem schien ihr, dass die singstimmen viel zu wenig verstärkt wurden, möglicherweise deshalb, weil mit dem techniker in ermangelung einer gemeinsamen sprache keine einigermaßen missverständnisfreie kommunikation zustandekam. der auftritt in břeclav stand in zusammenhang mit einer ausstellung, weswegen auch die künstler*innen christine huber und gerald nigl mit von der partie waren. und, daran erinnert sich die jana am besten, die fröhliche wohnzimmerband hatte vereinbart, in dunklem gewand mit hellen tupfen aufzutreten. die jana trug ein schwarzes kleidchen mit gelben tupfen, das ihr die schriftstellerin elfriede gerstl anlässlich einer kleiderschau[x] geschenkt hatte, ein kleidchen, das ihr etwas eng war, weswegen sie zwar recht originell aussah, sich aber nicht richtig wohl fühlte. dazu trug sie eine so genannte *fliege*, ein riesiges mascherl, das der naz aus karton gebastelt hatte und das eigentlich für ihn selbst bestimmt gewesen war, das er aber, bevor er den zug auf anwei-

---

[x] elfriede gerstl (1932-2009) überlebte als jüdisches kind die zeit des nationalsozialismus in wien in diversen verstecken. 1955 begann sie in literaturzeitschriften zu veröffentlichen. sie schrieb gedichte, essays und kurze prosastücke und war im rahmen der *wiener gruppe* aktiv. besonders dem thema der geschlechterrollen hatte sich die engagierte feministin verschrieben. 1963 nahm sie am literarischen colloquium berlin (lcb) teil. von 1963 bis 1971 hielt sie sich wiederholt längere zeit in berlin auf. ab 1972 lebte sie ausschließlich in wien und gehörte zu den gründungsmitgliedern der grazer autorinnen autorenversammlung.
elfriede gerstl war auch eine leidenschaftliche sammlerin von vintagemode. die jana, im jahr 1989 noch besitzerin eines automobils, hatte einige male das vergnügen, elfriede gerstl beim transport von sammlerstücken behilflich zu sein.

sung der grenzpolizei verließ, an janas tupfenkleid heftete. an die tupfenkleidung von bernhard-mit-dem-flotten-schritt, stefan und sonja kann sich die jana beim besten willen nicht erinnern, dafür aber daran, dass sie mit ihrer freundin, der schriftstellerinkollegin christine huber zahllose runden um die in der mitte des dorfplatzes stehende kirche gedreht hat, um unaufschiebbar wichtige dinge zu bereden. sie erinnert sich auch daran, dass sie dabei durstig wurde, dass aber das wasser aus der wasserleitung einen seltsamen und durchaus ein wenig unangenehmen beigeschmack hatte, ja, und dass es kein bier und auch kein mineralwasser mehr gab, sondern nur mehr wein und schnaps, da es bereits spätnachts war und alles geschlossen hatte, sodass sie also direkt aus der wasserleitung ein paar kräftige schlucke nahm und prompt anderntags durchfall bekam, was aber möglicherweise auch der aufregung und der enttäuschung über die abwesenheit des naz geschuldet sein konnte.
ja so kann es sein, wenn man einen auftritt nicht gut vorbereitet, oder, sagen wir so, wenn man ein für die vorbereitung nicht ganz unwesentliches detail wie die verlängerung des reisepasses vergisst, aber lassen wir das, lassen wir das.

698) **wir befinden uns im jahr 1990** und zugleich bereits im jahr 2018. die jana und der naz sind meister und meisterin darin, sich in verschiedenen zeiten und an verschiedenen orten aufzuhalten, wenngleich sich die vergangenheit in vielbändigen verwicklungsroman immer mehr der gegenwart annähert.
jedenfalls, das ist ein faktum, im jahr 1990 fand ein kulturpolitischer arbeitskreis der gav statt und zwar in salzburg. die jana, damals teil des büroteams, war organisatorisch zuständig, hätte sich aber wohl kaum träumen lassen, dass sie siebenundzwanzig jahre später, also im jahr 2017, wiederum für das stattfinden eines kulturpolitischen arbeitskreises verantwortlich sein

würde. es gibt ereignisse, die sich in gewisser weise wiederholen, auch wenn sich ort, zeit und teilnehmende inzwischen verändert beziehungsweise weiterbewegt haben.
ja, so ist es.
ja, so war es.
das jahr 1990 war das jahr, in dem die jana und der naz zum ersten male zu fuß zu ihrer geliebten einsambucht wanderten[x] und dort das zelt aufbauten.
jeden zweiten oder dritten tag mussten die beiden dann in den ort, um einzukaufen, beziehungsweise wenigstens zur quelle oder zum brunnen, um trinkwasser zu holen. der kalender des jahres 1990 enthält ein kleines reisetagebuch, in dem von ameisen, krabben und delfinen die rede ist. die jana erinnert sich, dass sie, als sie die strecke von agios nikolaos bis zur einsambucht in angriff nehmen wollten, zuerst, also noch im ort, die falsche abzweigung genommen hatten, und daher nochmals mit vollen rucksäcken zurück, also hinauf ins bergdörflein schnaufen mussten. da haben wir ganz schön geflucht, erinnert sich die jana, ja, da gab es auch einen moment, wo wir nicht mehr sicher waren, ob das überhaupt zu schaffen ist, zu fuß in die einsambucht, zumal wir kaum einschätzen konnten, wie weit der weg tatsächlich war. aber, wir haben es geschafft, eigentlich aus heutiger sicht fast ein wenig verwunderlich, dass wir uns das getraut haben, so ganz in der einsamkeit, zwischen den spitzen felsen, den durchaus bedrohlichen spinnen und skorpionen, den schlan-

---

[x]im jahr davor waren die beiden dieser wanderung noch unsicher ausgewichen und stattdessen nach kythira, antikythira und kreta gefahren. die jana erinnert sich an die damalige antwort eines taxifahrers, den sie, unsicher über die genaue länge der zu bewältigenden strecke, gefragt hatten, ob er sie mitsamt den rucksäcken und dem noch zu kaufenden lebensmittelvorrat bis zur einsambucht nebst der kapelle agia marina chauffieren würde, die antwort nämlich lautete: *kakò dromos*, was die jana nicht verstand, weswegen es der taxifahrer mit englischen worten präzisierte: *road too bad*.

gen, die in der nacht zur wasserstelle trinken kamen und den mardern, die in der dunkelheit unseren müll durchwühlten. auch das meer nannte so manchen bedrohlichen bewohner und manche bedrohliche bewohnerin sein eigen, zum beispiel, so jedenfalls steht es im reisetagebuch, eine siebzig zentimeter lange muräne mit blitzblauen augen oder die berühmt berüchtigten feuerquallen, die auf griechisch den schönen und wohlklingenden namen *zuchtra* tragen. unterwegs waren die jana und der naz natürlich ohne handy, weil es das damals noch gar nicht gab, ja, und sie waren unterwegs, ohne daran zu denken, was alles passieren könnte, von krankwerden bis beinbruch, von verlorener kontaktlinse bis unwetter oder gar bis zu feindselig gesonnenen mitmenschen. ja, an all das verschwendeten die jana und der naz keinen gedanken und das war gut so, auch wenn diese sorglosigkeit nun der vergangenheit angehört, weil eben 1990 der vergangenheit angehört und wir nun schon 2018 schreiben, punkt und punktum[x].

---

[x] es könnte aber sein, dass die jana die damals empfundene sorglosigkeit ein bisschen übertrieben beschreibt, weil die sorgen und die an mögliche bedrohung verschwendeten gedanken zumindest teilweise dem vergessen anheimgefallen sind. wenn die jana nämlich ein bisschen in ihrer erinnerung gräbt, fällt ihr ein, dass durchaus gelegentlich mulmige gefühle auftauchten, zum beispiel, als sie eines morgens bemerkten, dass in der nacht, also während sie schliefen, ganz in der nähe jemand ein lagerfeuer entfacht hatte,
oder, als sie ein paar stunden lang die zeltstangen festhielten, während draußen sturm und regen tobten, gelegentlich ein blitz die landschaft taghell erleuchtete, wobei sich die frage stellte, ob eine zeltstange so etwas wie ein blitzableiter sein kann, was es fatal machen würde, sie während eines gewitters mit beiden händen zu umklammern,
oder, als die jana ihr kontaktlinsenbehältnis unten am meer vergessen hatte und daher im von der batterieschwachen taschenlampe nur schwach erleuchteten engen und von spinnennetzen durchkreuzten pfad nochmals hinuntergehen musste. gehst du mit mir, hatte die jana den naz gebeten und, dreimal darf man raten, der naz ging mit, zu zweit gefürchtet ist halb gefürchtet, undsoweiter undsofort.

699) **mit fußnoten meine ich fußnoten** und nicht seitenlanges schwadronieren, schimpft der naz, der immer und überall gut schimpfen kann. ich liebe es zu schimpfen, schmunzelt der naz, und wenn keine andere sich zum beschimpfen eignende person in meiner nähe ist, schimpfe ich eben mit mir selbst, ja, auch dazu findet sich oft genug anlass. mein lieblingsschimpfwort für die jana ist gigantopopo oder popo gigante, lacht der naz. die jana sagt dann darauf immer mehr oder weniger entrüstet: *wenn ich etwas nicht hab, dann ist es ein großer popo* und der naz sagt: *oh doch.* ja, die jana und der naz sind wahrlich ein glückliches paar.

700) **in einer rezension** des vom naz unter seinem pseudonym fritz widhalm verfassten buches *ein buch* schreibt der autor helmuth schönauer unter anderem: *berührend ist die abteilung familienerinnerung, worin der vater als unikat in wort und zeichnung gewürdigt wird, wahrscheinlich weil er einen so starken sozialismus ausgestrahlt hat, während die sonstigen familienmitglieder glanzlos unterporträtiert bleiben.* huch. der naz schüttelt nachdenklich sein haupt. ja, mein vater und sein sozialismus waren schon recht prägend für mein heranwachsen, aber auch meine mutter und ihre christliche nächstenliebe waren durchaus für mein wachsen und werden von prägender wichtigkeit. gegen das christliche war ich durch meinen vater zwar ausreichend immunisiert, aber die nächstenliebe an und für sich ist ja nichts verwerfliches.
mein vater ist tot, sagt der naz.
meine mutter lebt, sagt der naz, sie wird 2018 siebenundachtzig jahre alt. seit einigen monaten lebt sie in einem so genannten pflegeheim. die meiste zeit liegt sie im bett, da ihre beiden füße ihr immer geringer werdendes gewicht nicht mehr tragen wollen. können die füße die nase voll haben vom ständigen tragen müssen?

füße haben keine nase, wirft das pseudonym fritz widhalm mit
scharfem verstand ein. doch mit diesem einwand ist der naz mitnichten einverstanden, er überlegt kurz, dann stellt er die folgende behauptung auf: jede zelle unseres körpers hat eine nase,
und
auch ein hirn.
aber lassen wir das, lassen wir das.
die nazmutter liegt im pflegeheim und das macht den naz ein
bisschen traurig und auch nachdenklich in bezug auf sein eigenes älter- und altwerden.
bin ich mit zweiundsechzig jahren noch älter oder bereits alt?
sicherlich gehörst du mit zweiundsechzig jahren noch nicht zu
den hochbetagten menschen, meldet sich das pseudonym fritz
widhalm wiederum zu wort.
an manchen tagen geht dem naz sein pseudonym ziemlich auf
die nerven. warum habe ich mir je ein pseudonym an die seite
gestellt?, fragt sich der naz an solchen tagen. die antwort ist ihm
wohlbekannt. weil ich bei den demos immer rot wurde, wenn
nazis raus gerufen wurde. im dritten teil des verwicklungsromans
mit dem schönen titel *2003 - odyssee im alltag* schreibt der naz
im kapitel 153) **ein neues nazkapitel** stolz über seinen namen:
*the naz, sagt der naz, ist der spitzname, den der kultkomiker
lord buckley jesus christus gegeben hat. aber vergessen wir jesus,
sagt der naz, the naz war die gruppe, in der vincent damon
furnier gesungen und gespielt hat, bevor er in den siebzigern unter dem namen alice cooper berühmt und berüchtigt wurde.*
etcetera etcetera. der naz wusste natürlich, dass beides nicht
ganz stimmte, da die band the nazz hieß und auch lord buckley
die schreibung the nazz verwendete, doch ein bisserl schum-
meln ist manchmal einfach lebenswichtig. außerdem hat kein
naz die nazis verdient, außer er ist selbst einer, was wir von keinem naz hoffen wollen, keinem naz auf der ganzen welt.
huch.

hohlhuch, senkhuch, platthuch^x.
uuups, und wo ist jetzt die nazmutter in diesem kapitel des verwicklungsroman geblieben.
die liegt im pflegeheim, sagt der naz nachdenklich, und dort wird sie mit ziemlicher wahrscheinlichkeit auch den rest ihrer noch folgenden lebenszeit verbringen. nein, nicht die ganze zeit im bett liegend, die nazbrüder heben sie manchmal mit oder ohne hilfe des pflegepersonal in einen rollstuhl und fahren mit ihr eine runde durchs haus. im erdgeschoß des pflegeheims ist ein caféhaus untergebracht und auch die heimeigene kapelle haben sie bereits besucht.
ja, die nazmutter glaubt noch immer an gott, sagt der naz.
ja, die nazmutter wählt noch immer sozialistisch, sagt der naz.
der naz und die jana waren die nazmutter zu weihnachten im pflegeheim besuchen. dabei ist dem naz aufgefallen, dass sich die stimme der nazmutter verändert hat, sie klingt fast wieder mädchenhaft.
was hat das zu bedeuten?, fragt sich der naz.
sie verliert zunehmend an körper, weiß das pseudonym fritz widhalm bescheid.
die nazmutter beklagte sich auch, dass sie wegen ihrem grauen star nicht mehr lesen und fernsehen kann. scheiße, dachten der naz und die jana, die wissen, dass eine operation zwar bereits geplant war, aber wegen des schlechten gesundheitszustandes der nazmutter auf ungewiss verschoben wurde. oh du liebe scheiße, nicht mehr lesen zu können wäre echt schlimm, denkt der naz in bezug auf sein eigenes älter- und altwerden.
es ist irgendwie schwierig, sich auf das eigene altwerden zu freuen nach einem besuch im pflegeheim, stellte die jana wieder

---

^xdamit spielt der ach so witzige naz auf das cover des dritten teils des verwicklungsromans an, das die schematischen abbildungen eines hohl-, senk- und plattfußes zeigt.

zurück in wien traurig fest.
schwierig, nickte der naz, aber ich bin durchaus zuversichtlich.
ja, manchmal muss der naz lautstark über sein zuversichtlich sein lachen.
lachen ist gesund, sagt der naz.
man kann sich bekanntlich auch zu tode lachen, merkt das pseudonym fritz widhalm an.
manchmal bleibt mir das lachen im hals stecken, seufzt die jana, und
die unheimliche zwillingsilse lacht.

701) **eines ist wahr**, sagt die jana. es ist wahr, dass ich damals, als wir mit dem verwicklungsroman begonnen haben, also vor über zwanzig jahren, dass ich mich damals an meine eltern noch nicht so gut erinnern konnte wie jetzt
nein, sagen wir so, ich erinnerte mich auf andere art und weise. die eigene erinnerung verändert sich ja bekanntlich mit dem verstreichen der zeit. so sieht die jana jetzt ihre eltern aus größerer entfernung, und, da sie im alter weitsichtig geworden ist, sieht sie jene mit größerer klarheit.
nein, sagen wir so, die persönlichen kränkungen, schuldgefühle und vorwürfe, die wohl vor zwanzig jahren in einem winkelchen der janaseele überdauert hatten, sind nun nicht mehr auffindbar. vermutlich gibt es sie noch irgendwo, schließlich gehört es zum wesen von schuldgefühlen und kränkungen, dass sie sich nicht einfach aus dem staub machen. andererseits hat sich vielleicht genug staub angesammelt, sodass diese alten gefühle sich dahinter verstecken können. in gewisser hinsicht, sagt die jana, bin ich manchmal froh, dass ich schlampig bin. so gelingt es mir, manch kränkende erfahrung oder mir widerfahrene ungerechtigkeit im staub zu vergessen. die jana erinnert sich, dass sie damals, also vor etwa zwanzig jahren, gelegentlich in feuchtfröhlichen runden von den erfahrungen ihrer kindheit mit der

sterbenskranken mutter und dem bald nach deren tod pflegebedürftigen vater erzählt hatte und *erstens)* sich immer ein wenig schuldig vorkam, wenn das gespräch in der gerade noch fröhlich gewesenen runde plötzlich versiegte und *zweitens)* sie meistens noch vor ende des erzählens von einer kaum abzuweisenden nervösen übelkeit heimgesucht wurde, was ihr als hinweis auf den inneren emotionalen aufruhr galt, den das thema leben mit kranken eltern in ihr hervorrief. dennoch war es ihr damals in gewisser weise ein bedürfnis, diese erfahrungen mitzuteilen. vielleicht wollte ich auch einfach zeigen, dass ich eine schwere kindheit hatte und trotzdem ein gütiger und großzügiger mensch werden konnte, sagt die jana, die mittlerweile ohne übelkeit auf diese kindheitstage zurückblicken kann.

seit die jana den namen ihrer genetischen mutation kennt, hat sie kurz überlegt, ob sie sich auf die suche nach eventuellen vorfahren begeben soll. über den namen dieser mutation wäre es grundsätzlich möglich, die vorfahren mütterlicherseits auszuforschen, da die jana diesen gendefekt von ihrer mutter geerbt hat und er also aus ihrer mütterlichen ahnenreihe kommt. aber die jana hat diese überlegung ad acta gelegt, was sollte auch dabei schon herauskommen. na gut, vielleicht wäre sie entfernt mit angelina jolie verwandt, die ja ebenfalls eine veränderung in diesem gen trägt, aber das wäre doch einigermaßen unwahrscheinlich, da, als die jana den namen ihrer mutation in eine internetsuchmaschine eingab, alle treffer auf russland verwiesen.

jedenfalls aber, als die jana gemeinsam mit dem naz neulich die auslagen der zahlreichen boutiquen in der josefstädterstraße besichtigte, fiel ihr ein kleid auf, das sie, wie sie sogleich kundtat, mit überwältigender plötzlichkeit an ein kleid ihrer mutter erinnerte. ein solches kleid, es war mittels applizierten schmalen stoffbahnen schnörkselig verziert, hatte sich die janamama gekauft, als sie, schon krank, aber auf genesung hoffend, ein theaterkleid suchte und sich etwas besonders schönes gönnen wollte. die jana konnte sich ganz genau an die haptische erfahrung mit diesem kleid erinnern und auch an dessen farbe, nämlich ein angenehmes kakaobraun. eine weile stand sie vor der auslage, konnte sich nicht von diesem anblick losreißen und gab schließlich ihrer verwunderung ausdruck, nämlich so: ich hätte nicht gedacht, dass ich ein solches kleid, etwa ein halbes jahrhundert, nachdem es im kasten meiner mutter hing, in einer auslage sehe. wie kann es bloß sein, dass etwas, das auf mich so altmodisch wirkt, modern ist?

702) **noch etwas ist wahr**, sagt die jana. nach einem besuch im pflegeheim ist es wirklich schwierig, positive seiten des älterwerdens wahrzunehmen, beziehungsweise, sich vor den damit verbundenen schwierigkeiten nicht zu fürchten. die jana ist jedenfalls froh, dass sie sich vor einiger zeit getraut hat, der mutter des naz zum abschied und zur begrüßung jeweils ein bussi auf die wangen zu drücken, welche von der mutter des naz durchaus herzlich erwidert wurden. man hat oft nicht viel zu reden, sagt die jana, aber mit einem oder zwei bussis drückt man auf wortlose weise seine zuneigung und seinen respekt aus. die jana hat nämlich großen respekt vor der mutter des naz, die sie, als sie erstmals mit dem naz nach purgstall kam, mit grünen haaren, zerrissener hose und gewiss auch sonst keineswegs untadeliger kleidung, die sie also, ohne ihrem sicherlich ungewöhnlichen aussehen besondere aufmerksamkeit zu schenken, begrüßte und ihr eine tasse kaffee anbot. die anderen mütter von freunden und freundinnen hatten die jana nämlich durchaus mit misstrauen beäugt und, wenn die jana nicht alles täuscht, manches mal ihre söhne beziehungsweise töchter vor der unordentlichen, kunterbunten und deshalb vermutlich auch chaotischen jana gewarnt, diese sei vielleicht keine gute gesellschaft, befinde sich auf einer schiefen bahn und könne sich obendrein nicht benehmen.

wie auch immer, die jana drückte der nazmutter auch im pflegeheim ein bussi auf die rechte wange, nur auf die rechte, da sich auf der linken wange ein langer kratzer befand und war irgendwie froh, dass sie ihr auf diese art, ohne besonders aufdringlich zu sein, eine kleine zärtlichkeit erweisen konnte. nein, besuche im pflegeheim können durchaus beunruhigend und auch niederdrückend sein, gehören jedoch irgendwie zum leben dazu, jedenfalls, so lange man selbst nicht im pflegeheim lebt, was nicht wünschenswert, aber im bereich des möglichen liegen könnte, weswegen sich jetzt gerade alle haare auf janas kopf sträuben.

703) **deine neue frisur sieht toll aus**, sagt der naz beim anblick der sich sträubenden haare auf janas kopf, richtig punkig. vielleicht sollten wir öfters nach scheibbs ins pflegeheim fahren und meine mutter besuchen. darüber macht man keine scherze, schimpft die jana.
der naz sitzt etwas unruhig an seinem schreibtisch. diese unruhe könnte davon kommen, dass der kaffee aus ist, denkt der naz und entschließt sich, in den supermarkt zu gehen und kaffee zu kaufen. wenn ich unruhig bin, kann ich mich nicht auf das schreiben konzentrieren, also wird es wohl das beste sein, in den supermarkt zu gehen, nickt der naz sich selbst bestätigend zu und zieht sich seine roten schuhe an. naja, inzwischen ist das rot schon ziemlich abgewetzt, der naz ist kein freund von schuhpflege. schuhpflege, sagt der naz, schuhpflege war gestern. und dabei lächelt er verschwörerisch seinem spiegelbild im vorzimmerspiegel zu.
vielleicht sollte ich noch schnell aufs klo gehen, bevor ich in den supermarkt flitze, überlegt der naz, es ist schon zehn uhr und ich hatte heute noch keinen stuhlgang. stuhlgang ist wichtiger als schuhpflege.
als der naz die tür zum klo öffnet, sitzt die jana vor ihm. was machst du da?, fragt der naz überrascht. darüber macht man

keine scherze, schimpft die jana.
blödsinn. dreimal darfst du raten, antwortet die jana. dauerts noch lange?, fragt der naz. so lange es eben dauert, antwortet die jana. also entschließt sich der naz, ganz ohne stuhlgang in den supermarkt zu pilgern. beim verlassen des klos wirft der naz noch einen prüfenden blick in den klospiegel. du bist schön genug, sagt die jana und schmunzelt. vielleicht solltest du wieder mal deine schuhe putzen, am rechten klebt wachs. der naz blickt nachdenklich auf seinen rechten schuh. wie hat sich wachs auf meinen schuh verirrt? beim lichtermeer am wiener heldenplatz, hilft die jana seinem zweiundsechzigjährigen gedächtnis auf die sprünge. ich bin fertig, die jana erhebt sich von der kloschüssel und greift zum toilettenpapier, dabei merkt sie an, dass der naz das falsche toilettenpapier gekauft hat. das ganze klo stinkt nach kamille, schimpft die jana. ja, die jana mag kein parfümiertes toilettenpapier, und da hat sie natürlich vollkommen recht, parfümiertes toilettenpapier ist ja wirklich unsinnig.

704) **der naz setzt sich** mit einem häferl heißen kaffee an seinen schreibtisch, nimmt einen kräftigen schluck und wartet die wirkung ab. die unruhe wird weniger, sagt der naz. super, sagt das pseudonym fritz, dann können wir ja mit dem schreiben loslegen. ich liebe kaffee, sagt der naz. soll ich das hinschreiben?, fragt das pseudonym fritz. nein, wehrt der naz ab, es ist ja nun wirklich nicht wichtig, ob ich kaffee liebe oder nicht. schreib hin, ich liebe die jana, sagt der naz, das kommt immer gut und die leser und leserinnen finden es rührend. liebst du die jana mehr als kaffee?, fragt das pseudonym fritz neugierig. sicherlich, schmunzelt der naz, obwohl, kaffee hilft immer gegen meine unruhe, die jana hat manchmal auch eine unruheverstärkende wirkung.
komm, lass uns die richtige musik zum schreiben aussuchen, es ist hier einfach viel zu still zum schreiben, sagt der naz und be-

wegt sich ruhigen schrittes richtung musikregal. wie wärs mit den sparks?, fragt das pseudonym fritz.
sparks! sparks? ich liebe die sparks über alles, aber ich habe zwanzig alben von den sparks, und zu entscheiden, welches davon gerade heute das richtige für mein schreiben ist, könnte mich erneut unruhig machen. der naz zieht ein album aus dem regal, wirft einen blick auf das cover und schiebt es ratlos wieder zurück. schwierig schwierig, murmelt er leise vor sich hin. nimm doch das neue, *hippopotamus*, das ist toll und wir haben es erst zwölfmal gehört, empfiehlt das pseudonym fritz. der naz nickt zwar bestätigend, greift dann aber lieber doch zum album *indiscreet*.
schreib hin, sagt der naz, dass das album *indiscreet* im verhältnis zu den vorgänger*innenalben *kimono my house* und *propaganda* leider sträflich unterschätzt wurde und wird. ist das wirklich so wichtig, fragt das pseudonym fritz mit leicht ironischem unterton, dass es im verwicklungsroman erwähnung finden muss? klar, gibt der naz mit tiefster überzeugung zur antwort, klar, ich will doch so tolle songs wie *hospitality on parade* oder *under the table with her* meinen lesern und leserinnen näherbringen. gut, nickt das pseudonym fritz, dann schreib ichs eben hin. ich liebe die sparks, sagt der naz, aber lassen wir das, lassen wir das.
im jahr 1990 waren der naz und die jana, wie all die gemeinsamen jahre davor, in der einsambucht bei agia marina. die jana hat bereits erwähnt, dass die beiden ohne auto unterwegs waren und daher den weg von agios nikolaos bis agia marina zu fuß zurücklegen mussten. *von agios nikolaos, dem letzten größeren ort vor dem kap maleas, gehen wir südlich richtung profitis ilias, einem kleinen fischerdorf. nach knapp vier kilometern gabelt sich die straße. rechts geht es auf asphalt weiter nach profitis ilias, links zweigt eine unbefestigte fahrstraße ab, der wir folgen. nach knapp zweieinhalb kilometern endet die piste und wir biegen scharf links ab und folgen dem weg bis zur kleinen kapelle agia*

marina. so wird die strecke jedenfalls im wanderführer *peloponnes: die schönsten küsten- und bergwanderungen* von hartmut engel beschrieben. ja, die ehemalige einsambucht in agia marina ist nicht mehr einsam, seit der versteinerte wald, in dem die jana und der naz damals einsam ihre tage in griechenland verbrachten, entdeckt und in den atlas der geological monuments der ägäis aufgenommen wurde. *das gelände steht unter schutz. das mitnehmen oder beschädigen der versteinerungen ist verboten und wird streng bestraft*, steht im wanderführer von hartmut engel zu lesen.

ob der versteinerte wald jetzt sicherer ist, wo er im atlas der geological monuments der ägäis steht und in jedem peloponneswanderführer erwähnung findet, wage ich zu bezweifeln, sagt der naz, aber lassen wir das, lassen wir das.

wie sah so ein ganz gewöhnlicher tag in der einsambucht im jahre 1990, sowie einige jahre davor und auch noch einige jahre danach, eigentlich aus?

die jana und der naz wurden frühmorgens von der sonne geweckt, die das kleine zelt der beiden in kürzester zeit auf backofentemperatur erhitzte. die jana und der naz packten die sachen zusammen, die für einen glücklichen tag in der einsambucht vonnöten waren und machten sich auf den weg zum verborgenen abstieg. unten angelangt wurde der frühstücksfelsen gedeckt, vor dem sich alsbald ein schwarm jungfische in erwartung der abfallenden brösel versammelte. danach suchten der naz und die jana ihre jeweiligen lieblingsplätze in der bucht auf und frönten dem lesen der mitgebrachten bücher oder schrieben und zeichneten vermeintlich erinnerungswürdiges in ihre notizhefte. diese tätigkeiten wurden ab und zu durch schwimmen im meer, haben und gehabt haben in der so genannten liebeshöhle oder durch einen besuch des scheißplatzes unterbrochen. wenn der allabendliche schatten die bucht in besitz nahm, wussten die jana und der naz, dass die zeit zum aufstieg gekommen war.

oben angelangt, machte sich der naz auf den weg zur vorratshöhle, um gemüse zum kochen und bier zum trinken zu holen, während die jana etwas holz zum feuermachen sammelte. nachdem der naz das feuer im kochloch angefacht hatte, wurde gemeinsam gekocht, gegessen, bier getrunken und der griechische sternenhimmel bewundert. wow. im licht der taschenlampe kehrten die beiden schließlich zurück zum zelt, wo man noch ein weilchen konversation betrieb oder sich nochmals dem haben und gehabt haben hingab. drei ganze wochen lang, schwärmt der naz. darüber macht man keine scherze, schimpft die jana.

das jahr 1990 näherte sich mit einem weihnachtlichen besuch bei den nazeltern seinem ende, die damals beide noch bei bester gesundheit waren. der naz lächelt verlegen, eigentlich hatte ich keine ahnung, wie gesund meine eltern waren, sie machten jedenfalls keinen kranken eindruck auf mich.

schluss für heute, sagt das pseudonym fritz, jetzt wird gekocht. bio-wildlachs aus dem gefrierfach im supermarkt, schwärmt der naz. darüber macht man keine scherze, schimpft die jana.

705) **darüber macht man keine scherze**, die jana schimpft noch immer. allerdings muss sie gerade in diesem augenblick an ein gedicht von christian morgenstern denken, das den allerersten teil des gemeinsamen verwicklungsromans einleitet, nämlich das gedicht mit dem titel *galgenberg*.

> blödem volke unverständlich
> treiben wir des lebens spiel.
> gerade das, was unabwendlich,
> fruchtet unserm spott als ziel.
>
> magst es kinder rache nennen
> an des daseins tiefem ernst;
> wirst das leben besser kennen,
> wenn du uns verstehen lernst.

man darf also scherze machen, nicht über alles, aber über vieles. und es ist übrigens ein unterschied, wie man die scherze macht. ein scherz sollte vielleicht auch die möglichkeit beinhalten, über sich selbst zu lachen. aber natürlich ist das, was christian morgenstern den tiefen ernst des daseins nennt, für scherze nicht tabu.
der naz lacht über sich selbst. der naz lacht über die jana. der naz lacht über christian morgenstern. am liebsten lacht der naz über sein pseudonym fritz widhalm.
über die unheimliche zwillingsschwester ilse kilic lacht der naz nie. das ist mir viel zu gefährlich, lacht der naz.

706) **dieses kapitel** widmet die jana dem album *666* der griechischen rockband aphrodite's child, das im jahr 1972 veröffentlicht wurde. die jana war damals noch ein teenager, will aber kein geheimnis daraus machen, dass sie an der singstimme von demis roussos durchaus gefallen fand, sicherlich nicht 1972, da war sie erst vierzehn, aber etwas später, als sie, sooft es möglich war, ins audio center des schallplattenclubs der jugend in der spitalgasse ging, um sich dort platten anzuhören. der schallplattenclub der jugend war eigentlich ein plattengeschäft, also es wurde schon erwartet, dass die musikhörenden jugendlichen gelegentlich eine platte kauften und nicht nur eine nach der anderen anhörten, aber meist waren die verkäufer*innen sehr geduldig. eine langspielplatte kostete damals hundertneunundvierzig schilling, das war nicht wenig. *666* war ein doppelalbum, was vermutlich der grund dafür war, dass die jana es niemals ihr eigen nannte, denn logischerweise waren doppelalben teurer als die normalen langspielplatten.

707) **und schon wieder drängt die gegenwart** sich auf unschöne art in diesen verwicklungsroman und erfordert aufmerksamkeit sowie ärztliche präsenz. kurz gesagt: der naz wurde am

montag, den 12.02.2018 von einem auto niedergestoßen. es ist unglaublich, dass der lenker des autos die jana und den naz nicht gesehen hat, als er, langsam, aber doch mit zunehmender geschwindigkeit auf die jana und den naz zufuhr, die eine ungeregelte kreuzung zu überqueren im begriffe waren und dieses unterfangen auch fast abgeschlossen, das heißt fast den sicheren gehsteig erreicht hatten, aber eben nur fast. sie befanden sich auf der zweiten hälfte der fahrbahn, hatten erst links geschaut, waren bis zur mitte gegangen, hatten dann nach rechts geschaut und das noch weit entfernte auto gesehen, das sich noch vor der betreffenden kreuzung befand und langsam auf diese zufuhr. die jana und der naz waren der meinung gewesen, dieses auto sei so langsam, dass eine überquerung der straße problemlos möglich sein müsste.
aber.
wer konnte damit rechnen, dass das auto an geschwindigkeit zulegen würde? der wird schneller, war der letzte gedanke, der der jana durch den kopf schoss, kurz bevor es passierte. die jana machte einen schnellen schritt nach vorne, weswegen das auto nur den naz erwischte und ihn zu boden schleuderte.
so weit, so schlecht, der naz blutete, der lenker schimpfte, die rettung kam.
der naz kam mit prellungen und einer gebrochenen nase davon, das ist keine angenehme sache, aber immerhin war sonst nichts gebrochen, und die nase des naz wurde im allgemeinen krankenhaus in vollnarkose wieder gerade gerichtet. wie gerade sie sein wird, sagt die jana, wird sich erst zeigen, wenn die schwellung abgeklungen ist und der niedergelassene halsnasenohrenarzt dr. quint den gipsverband, der zurzeit auf der nase des naz thront, entfernt hat. aber, sagt die jana, vielleicht wird die nase so gerade sein, dass der naz besser luft bekommt und infolgedessen des nachts nicht mehr schnarcht, was immerhin eine angenehme nebenerscheinung der unangenehmen erfah-

rung eines nasenbeinbruchs wäre.
die jana erinnert sich an dieser stelle, dass sie selbst im jahr 2012 von einem auto niedergestoßen wurde, und zwar auf einem wanderweg, auf den das auto von der etwas höhergelegenen straße heruntergerutscht war. sie hatte aber das glück, in den büschen zu landen und nicht auf dem asfalt, den es auf diesem wanderweg nicht gab.
ja, autos können gefährlich sein, sagt die jana, das überqueren von straßen und das vertrauen in die bremsbereitschaft oder zumindest die nichtbeschleunigung können ebenfalls gefährlich sein. man kann nie genug aufpassen, sagt die jana und beschließt dieses kapitel, um sich auf das vergleichsweise ungefährliche zimmerfahrrad zu schwingen und ihre zwanzig minuten täglichen sport zu absolvieren.

708) **zwanzig minuten**, lacht der naz, ich fahre mindestens vierzig minuten, wenn ich mich auf mein geliebtes zimmerfahrrad schwinge. zurzeit schwingt sich der naz aber nicht auf sein geliebtes zimmerfahrrad, da sich sein linker fuß und seine rechte schulter seit dem unfall durch schmerzen unangenehm bemerkbar machen.
autsch.
die nase des naz wurde bereits wieder von ihrem gipsverband befreit, sie weist zwar nun einen deutlich sichtbaren linksdrall auf, aber was solls, ein linksdrall ist um vieles besser, als wenn die nase nach der operation einen rechtsdrall aufweisen würde.
der naz hat gestern auch zum ersten mal nach seinem unfall wieder bier getrunken und zwar zwei krügerl. nein, der naz hatte am tag seines unfalls kein bier getrunken, er war nüchtern, und empfand es als äußerst unangenehm, als er im rettungswagen mit blutverschmiertem antlitz und schmerzender schulter von einem polizisten zum alkotest aufgefordert wurde. aber okay, den alkotest fand der naz noch irgendwie erklärlich und verzeihlich,

aber warum die polizei nach der staatsbürgerschaft fragte, fand er dann eher komisch. warum spielt die staatsbürgerschaft bei einem unfall so eine große rolle?
autsch!
der spitalsaufenthalt des naz beschränkte sich auf zwei tage, das personal war sehr nett zu ihm, die operation hat er in vollnarkose verschlafen, also was solls.
ich fühle mich in spitälern eigentlich durchaus geborgen, sagt der naz. bereits als kind haben mir spitäler irgendwie gut gefallen und ich besuchte gerne kranke verwandte. selbst war ich als kind nur einmal patient in einem spital, sagt der naz, und zwar, als mir mit zehn jahren der blinddarm entfernt wurde. das spital hatte ein extra kinderzimmer, in dem buben und mädel gemischt untergebracht waren. die geistliche krankenschwester, die im kinderzimmer ihren dienst versah und an die sich der naz noch immer gut erinnern kann, war klein, rund und sehr nett. sie nähte für die kinder puppen aus stoff, die sie mit watte füllte und der naz durfte ihnen dann gesichter malen. ich fühlte sogar so etwas wie leichte traurigkeit, sagt der naz, als ich wieder in die häusliche pflege entlassen wurde. das glaub ich dir nicht, sagt die jana, kein kind ist traurig, wenn es aus dem spital entlassen wird. woher willst du das so genau wissen?, fragt der naz und rümpft vorsichtig sein schiefes näschen. diese frage beantwortet die jana mit ihrem berühmt-berüchtigten satz: *weil es so ist.*
ist das überhaupt ein richtiger satz?
der duden bietet mehrere definitionen eines satzes an:
erstens) ein satz ist eine abgeschlossene einheit, die nach den regeln der syntax gebildet worden ist.
zweitens) ein satz ist die größte einheit, die man mit den regeln der syntax erzeugen kann.
drittens) ein satz ist eine einheit, die aus einem finiten verb und allen vom verb verlangten satzgliedern besteht.

naja, wird schon ein satz sein, denkt der naz, es gibt ja auch das
ein-wort-ist-ein-satz-ist-ein-text-phänomen.
hilfe!

709) **der naz sitzt an seinem computer** und tippt. der alte
computer des naz hat sich aus der welt des funktionierens verabschiedet. der neue computer fühlt sich noch etwas unvertraut
für den naz an, da er ein anderes schreibprogramm, ein anderes
zeichenprogramm und ein anderes soundprogramm sein eigen
nennt. der naz sitzt tapfer an seinem neuen computer und tippt.
der naz tippt und tippt.
was tippst du?, fragt die jana neugierig.
im jahr 1990 hat die edition das fröhliche wohnzimmer die bücher
loretta unter dem tisch von krista kempinger, *geigerad* von
christoph schwarz und christine huber sowie *zaum* von serge
segay und rea nikonova herausgegeben, liest der naz laut vor.
die währung in österreich hieß 1990 noch schilling. die druckkosten für das buch *loretta unter dem tisch* betrugen 22.300,-
schilling, für das buch *geigerad* verrechnete die druckerei 20.050,-
schilling und für das buch *zaum* 26.072,- schilling. insgesamt
bekam die edition für die herausgabe der drei bücher subventionen in der höhe von 36.000,- schilling, davon 28.000,- schilling
vom bundesministerium für unterricht und kunst und 8.000,-
schilling vom kulturamt der stadt wien. die jana und der naz
zahlten den fehlenden betrag von 32.422,- schilling aus der eigenen tasche und hofften, den betrag durch den reißenden verkauf der bücher wieder reinzubekommen, was leider nicht so
ganz gelingen wollte.
wir waren damals ganz schön mutig, sagt die jana kopfschüttelnd. na gut, ich hatte einen fixen job als sekretärin in der
grazer autorinnen autorenversammlung, die damals noch grazer
autorenversammlung hieß, und verdiente in etwa 8.000,- schilling. der naz hatte gelegentlich kleine oder auch größere aushilfs-

jobs, aber grundsätzlich waren es *seine fünf jahre*, nämlich jene fünf, in denen er nicht durch lohnarbeit zum überleben des haushaltes beitragen musste. die jana hat sich gerade mit einem inflationsrechner[x] befasst und hat herausbekommen, dass diese 8.000,- schilling heute nur mehr eine kaufkraft von etwa 385,- euro hätten und dass man, um die gleiche kaufkraft wie die damalige jana zu erarbeiten, heute 935,- euro verdienen müsste. nun ja, es sind viele jahre vergangen, genaugenommen sechsundzwanzig.

'geigerad, der ziegenhäutig glachende, der mit den gergenden zwinken unter den füßen, der alles verschluchte, den man seit langem nicht mehr gesehen hatte: der hat ihn umgebracht.' wenn das dorf märchenhaft zur welt wird, wird geigerad zum bösen. obwohl aber fast jedes der kurzen textstücke (ch. schwarz) mit 'geigerad war da. er hat ihn umgebracht.' endet, geht es nicht um mord; in einer sprache, die erst beim lautlesen richtig heiter wird (und so weiter), kommentiert durch zeichnungen (ch. huber), erinnert sich ein erzählendes ich an das rundherum des mordes: spuren, gerüchte, verfolgungen und tote ehemals verfolgende. diese parodistisch präsentierten krimi-elemente machen 'geigerad' unterhaltsam, spannend wird es durch das eindringen von toten, aufgeblähten fischen, verendenden hunden, neonlicht, dorfhure in die 'gronk-, gulg und glaumreiche' sprache. in diesem guttural-krimi ist das böse (immer und überall) versteckt, aber der leichen sind viele, schrieb thomas zauner damals in der zeitschrift buchkultur über das buch *geigerad*.
alte rezensionen durchzublättern ist echt spannend, sagt der

---

[x] den inflationsrechner hat die jana im internet entdeckt, man kann mit seiner hilfe herausfinden, wieviel geld in welchem jahr wieviel wert war, beziehungsweise, wieviel man sich um einen bestimmten betrag kaufen konnte. es hat ja keinen sinn, sich daran zu erinnern, dass man 8.000,- schilling verdient hat, wenn man den wert dieser 8.000,- schilling nicht in irgendein verhältnis zum heutigen wert eines vergleichbaren betrages setzt.

naz, ich hab auch eine aus dem jahr 1991 für unsere damals erschienene kassette *zig-zag-zounds* gefunden.
beim fröhlichen wohnzimmer handelt es sich um eine reine dilettantenband. sie benutzen die instrumente, wie es ihnen gerade einfällt, und lassen der improvisation freien lauf. wichtig dabei ist, daß die vier musiker/innen aufeinander achten, daß jeder seiner linie folgt, und so wird alles intuitiv zu einer einheit verschmelzt. und genau diese vorgehensweise macht den einmalig vielfältigen sound der band hörenswert - nicht zuletzt auch deswegen, weil auch eine gewisse form von humor zur geltung kommt. man höre nur 'requiem für tipi DADAckelhund'. viel interessanter wäre es auch, so ein livekonzert mal real zu erleben und die band dabei zu beobachten. trotzdem: für leute, die sowas nicht verstehen (wollen oder können), ist und bleibt es lärm und chaos - schade, schreibt ein gewisser ebu in der zeitschrift larifari.
der naz lacht. an die kassette *zig-zag-zounds* kann ich mich zwar nicht mehr erinnern, aber an einen king ebu und sein kassetten-label ebu's music. ich hab noch die beiden bei ebu's music erschienenen kassetten *atmosphere and empathy* und *elemental* in meiner popsammlung. darauf sind bands wie the dead goldfish ensemble, schmertz der welten, big-eyed beans from venus, das trauma syndrom oder maeror tri zu hören. auch das fröhliche wohnzimmer hat mit den songs *hop in!*, *be a flop* und *erich schluckauf* zum gelingen dieser beiden kassetten beigetragen.
ich muss mir das echt wieder mal anhören, sagt der naz und streichelt zärtlich seine etwas vernarbte und schiefe nase, aber jetzt gehe ich mal in die fröhliche küche und koche ein gutes gemüsesupperl für die jana und mich.

710) **die jana kann sich wiedermal nicht** vom computer trennen. facebook, knurrt der naz. grit hat geschrieben, berichtet die jana. sie hatte ihre krebsnachsorge und alles ist bestens. und, was noch besser ist, sie hat geschrieben, dass wir beide,

also sie und ich, hundert jahre alt werden. das würde heißen, ich hätte, da ich ja im mai 2018 meinen sechzigsten geburtstag feiere, noch vierzig jahre vor mir, beziehungsweise dann, wenn der leser, die leserin dieses buch druckfrisch in händen hält, noch immer fast neununddreißig jahre. natürlich kann es auch sein, dass eine leserin, ein leser, dieses buch erst viele jahre später in händen hält und ich vielleicht nur mehr zehn jahre vor mir habe. grit hat natürlich, da sie jünger ist, jederzeit mehr jahre vor sich als ich und kann also dieses buch lesen, auch wenn ich gar nicht mehr unter den lebenden und lesenden weile. ich muss grit gleich heute abend schreiben, ob wir nicht auch unser gen-schwesterchen rebecca zu jenen hundertjährigen zählen wollen, und ob wir also nicht gleich festschreiben wollen, dass auch sie hundert jahre alt wird. natürlich soll auch der liebste von grit hundert jahre alt werden und auch der naz, obwohl die beiden mitnichten gen-schwestern sind und weder das brustkrebsgen brca 1 noch das brustkrebsgen brca 2 ihr eigen nennen. und übrigens fielen der jana und vermutlich auch grit noch einige menschen ein, denen sie gerne zum hundertsten geburtstag gratulieren würden. ja so ist es!
wenn die jana jedenfalls hundert jahre alt wird, wird sie miterleben, davon ist sie fast, oder sollte es heißen *fest*, überzeugt, wie sich endlich vorstellungen verwirklichen lassen, für die sie sich immer eingesetzt hat. ja genau, es geht um das grundgehalt, es geht um die riesigen unterschiede zwischen arm und reich, es geht um das feministische selbstverständnis. und überhaupt geht es um viel.
wie die welt wohl in vierzig jahren aussieht?
ob es sie überhaupt noch gibt?
okay, liebe grit, wir schauen es uns dann an.

711) **die jana hat**, während grit ihre nachsorge absolvierte, ebenfalls eine ultraschalluntersuchung gehabt, nämlich einen

herzultraschall. der herr doktor hödl hat einen spiegel neben der untersuchungsliege aufgehängt, sodass die jana die gelegenheit hatte, ihr herz beim schlagen zu beobachten. das herz kann man selten beim schlagen beobachten, sagt die jana, und wenn, dann nur vermittels bildgebender diagnoseinstrumente. die herzkammern wurden vermessen und das herz wurde als in ordnung befunden. die jana erinnerte sich dabei an frau dr. hellan, von der sie während ihrer chemotherapie einige komplementärmedizinische, hilfreiche tipps erhielt und die einige male auf das besonders tapfere herz der jana verwies, dem die chemotherapie gewiss nichts anhaben werde können. allerdings, die jana weiß es jetzt ganz genau, wurde schon im jahr 1997 anlässlich einer so genannten gesundenuntersuchung darauf hingewiesen, dass ihr herz ziemlich langsam schlug, sehr sehr sehr langsam. aber dazu, sagt die jana, kommen wir später, nämlich dann, wenn wir uns in das jahr 1997 begeben, das jahr, in dem die jana eine gesundenuntersuchung der stadt wien absolvierte. bis dahin nehmen wir die langsamen herzschläge als selbstverständlich hin, ja, das herz der jana schlägt zwischen vierzig und fünfzig mal in der minute, und, nur damit sich niemand sorgen macht, es liegt keine fehlschaltung der herzelektrik zugrunde, es ist einfach so.

712) **lieber naz, sagt die jana**, jetzt hast du auch eine schiefe nase und, wenn du jetzt der nase nachgehst, gehst du im kreis, genauso wie ich, wobei, wenn ich es richtig sehe, dein kreis einer gegen den uhrzeigersinn ist, während es bei mir ein kreis im uhrzeigersinn ist, wie man ja auch aus der krümmung meiner nase zweifelsfrei ersehen kann.

713) **heute ist mama gestorben**, so hat das buch *ein schwarzer herrenschirm* begonnen, das der naz unter dem namen seines pseudonyms fritz widhalm 1995 in der edition blattwerk veröf-

fentlichte. *heute ist mama gestorben damit sich der spass aufhoert am anfang ist alles klar blick aus dem fenster sinn ist so und so wie lange noch sehnsucht nach brotsuppe ich habe mein letztes geld fast aufgebraucht das zimmer ist peinlich sauber aufgeraeumt die zeit nicht mehr knapp aufs neue die zeit um immer wieder totzuschlagen heute ist mama gestorben es gehoert viel mehr geraucht viel mehr getrunken als kind habe ich schifahren gelernt woraus auch nicht viel zu entnehmen ist.* so lautet das erste kurze kapitel des buches, dem weitere sechzig kurze kapitel folgen.

heute ist mama gestorben hat der naz damals aus dem buch *der fremde* von albert camus entlehnt. *heute ist mama gestorben. vielleicht auch gestern, ich weiß es nicht. ich habe ein telegramm vom heim bekommen: mutter verstorben. beisetzung morgen. hochachtungsvoll.* so beginnt das buch von albert camus.

heute ist mama gestorben. nein, der naz hat kein telegramm vom heim bekommen, sondern sein um zwei jahre älterer bruder sepp hat ihm diese traurige nachricht telefonisch mitgeteilt. das begräbnis ist am mittwoch, den 7.3.2018 um dreizehn uhr. beim erscheinen dieses buches wird die nazmutter bereits über ein jahr auf dem purgstaller friedhof in frieden ruhen.

nein, bruder sepp hat sich den satz *heute ist mama gestorben* mit großer sicherheit nicht bei albert camus entlehnt.

ja, der naz wird zum begräbnis seiner mutter nach niederösterreich fahren, der naz hatte immer ein so genannt gutes verhältnis zu seinen eltern, zu niederösterreich hatte der naz nie ein gutes verhältnis, wobei er sowohl seine eltern als auch niederösterreich nach seinen jugendjahren selten besucht hat.

selten, sagt der naz, und legt zum gedenken an seine eltern, den song *i had a good mother and father* von washington phillips in den cd-player. der song wurde im jahr 1929 aufgenommen. washington phillips war ein gospelsänger, der sich selbst auf einem instrument, das aussieht wie eine bundlose zither, begleitete. *i used to have a real good mother and a father / and they certainly stood the test / now, they are, are in bright glory / and i know their souls are at rest.*

und übrigens, der naz war nie ein schifahrer, sondern ein begeisterter rodler, zumindest in seiner jugend. auf so einer rodel konnte man bequem zu zweit, auf manchen sogar zu dritt, platz nehmen und den schneebedeckten hang hinunterflitzen. ja, der naz liebte das rodeln zu zweit oder zu dritt und nie das schifahren allein.

so ganz allein wollte ich eigentlich nie sein, lächelt der naz, so ganz allein macht es doch keinen spaß, nach einer übermütigen abfahrt frohgemut in den schnee zu plumpsen. ich plumpste gern mit meinen mitfahrern und mitfahrerinnen in den schnee, juchhe. man klopfte sich danach den schnee vom gewand und schmuste beim aufstieg voller vorfreude auf die nächste abfahrt ausgelassen herum. ja, der naz war schon als kind und jugendlicher ein großer herumschmuser, aber lassen wir das, lassen wir das.

dieser elfte teil des verwicklungsromans beginnt mit einem unfall des naz und endet mit einem unfall des naz, das ist doch irgendwie witzig, oder nicht? beim ersten unfall brach sich der naz ein paar rippen und beim zweiten unfall die nase. autsch.

im zwölften band dieses verwicklungsromans werde ich hoffentlich über keinen unfall berichten müssen, sagt der naz, jetzt reicht es mal wieder für ein weilchen, und

außerdem sind meine unfälle nicht gut für den blutdruck der jana. so, jetzt hör ich mir noch den tollen song *o death* von ralph stanley an. ralph stanley hat den song im jahr 2000 für den soundtrack zum film *o brother, where are thou?* von den coen brothers aufgenommen, er war zu diesem zeitpunkt ein alter knabe von dreiundsiebzig jahren. ralph stanley starb 2016 im alter von neunundachtzig jahren. meine mutter starb 2018 im alter von siebenundachtzig jahren, sagt der naz. zum abschluss

dieses kapitels, will ich noch ein bisschen aus meinem buch *ein buch* zitieren, das 2011 im fröhlichen wohnzimmer erschienen ist.
und doch: i put a spell on you von screamin' jay hawkins. meine lederhose begann zu lodern. klar, screamin' jay lernte ich erst anfang der siebziger wirklich kennen und lieben. aber screamin' jay war schon in den fünfzigern unterwegs. auch in meiner lederhose. mit zehn jahren wirkte ich in einer volkstanz- und volkssinggruppe mit: oh schande. *aber meine interpretation von heidschi bumbeidschi war schon irgendwie pop. und screamin'. ja, screamin'. mein vater zog mit gitarre und einem ziehharmonikaspieler von gasthaus zu gasthaus und sang sozialistische arbeitslieder. und mein vater war screamin'. ja, mein vater war auch screamin'. meine mutter sang volks- und kirchenlieder. aber ihre stimme war screamin'. ja, screamin' gabriele. meine familie war schon immer pop. und pop wird immer meine familie sein. ärsche aller länder vereinigt euch!*

714) **der tod hat etwas beängstigendes an sich**, sagt die jana. man senkt den kopf, sobald er in erscheinung tritt. als die jana erfuhr, dass die nazmama gestorben ist, ging ihr folgendes durch den kopf: nun hat der naz zwei neue gemeinsamkeiten mit ihr, der jana, zwei gemeinsamkeiten, auf die er gewiss gut und gern verzichten hätte können. die erste gemeinsamkeit ist die schiefe nase. sie ist nicht weiter schlimm. der naz hätte aber auch mit der gleichen geraden nase seiner ersten einundsechzig jahre gut alle weiteren jahre seines lebens verbringen können. die zweite gemeinsamkeit ist, dass auch der naz nun keine eltern mehr hat. natürlich hätte auch der naz gern noch beide eltern und hätte ihnen gewünscht, dass sie noch viele jahre auf erden weilen, dem nazvater, der 2005 bereits verstorben ist, und der nazmutter, die eben nun, im märz 2018, einen tag nach ihrem siebenundachtzigsten geburtstag verstorben ist.

die jana denkt dabei an ein gedicht des schriftstellers helwig brunner, das folgendermaßen beginnt:
> nach den großmüttern,
> die nach stillem warten
> ihren männern folgten,
> nach den großeltern also
> lässt uns das sterben allein,
> nähert sich langsam
> den vätern & müttern,
> die uns da ein letztes mal
> noch schützen,
> ehe sie doch kapitulieren vor ihm
> (...)

wie von den in klammer stehenden drei punkten angedeutet, geht das gedicht noch weiter und allen leserinnen und lesern sei ans herz gelegt, es nachzulesen. es steht im band *vorläufige tage* auf seite neunundvierzig. das buch kann man sicherlich in jeder buchhandlung bestellen oder in einer bücherei ausborgen.

jedenfalls, wenn die eltern gestorben sind, weiß man, dass die reihe zu sterben als nächstes an einem selber ist. das ist die so genannte ordnung der dinge. solange die eltern leben, bilden sie gewissermaßen eine art schutz gegen den eigenen tod. natürlich nicht wirklich, da man selbstverständlich auch vor den eigenen eltern, ja sogar vor den eigenen großeltern sterben könnte, der tod hält sich eben nicht an die ordnung der dinge, das ist kein geheimnis. trotzdem ist es ein anderes lebensgefühl, keine eltern mehr zu haben und zu wissen, dass nun die eigene altersgruppe gewissermaßen an der reihe ist, diese welt zu verlassen. bald. aber noch ist es nicht so weit, nein noch nicht. allerdings muss man sich mit der tatsache, dass es den tod überhaupt gibt, wieder einmal abfinden, ja das muss man. natürlich hatte man nicht vergessen, dass es ihn gibt, das lässt er sowieso nicht zu. aber jedes mal, wenn er in die unmittelbare nähe kommt, ist es von neuem ein schrecken, eine kränkung, ein schmerz. man senkt den kopf, raucht eine zigarette, atmet tief ein und aus, bereitet sich innerlich auf das begräbnis vor und weiß, dass man selbst noch am leben ist. ja, und man weiß, dass man, später dann, wenn es so weit ist, von den etwa hundertzwölf milliarden bewohner*innen dieses planeten^x seit anbeginn der zeit *eine* gewesen sein wird, wie auch die nazmama *eine* gewesen ist und wie auch die janamama *eine* gewesen ist, vor längerer zeit.

715) **jetzt stellt sich die frage**, wie wir diesen elften band des verwicklungsromans beschließen, und zwar auf optimistische art und weise, ohne einerseits in ein zwanghaftes positives denken zu verfallen und ohne andererseits dem kummer das letzte wort zu überlassen.
natürlich wäre es nicht verboten, in ein zwanghaft positives denken zu verfallen oder dem kummer das letzte wort zu überlassen. aber die jana präsentiert lieber ein paar sätze aus dem vorwort, das ihre unheimliche zwillingsschwester ilse kilic für einen lyrikband ihrer freundin und kollegin patricia brooks geschrieben hat: *ich glaube, dass wir dem leichtmut verpflichtet sind, sobald sich butter- oder sonnenseiten des lebens zeigen. die butterseiten und die sonnenseiten verdienen es, gewürdigt zu werden, es ist wichtig, ihnen aufmerksamkeit und zuneigung zu schenken, weil und so lange es sie gibt. ich zitiere an dieser stelle die schriftstellerin magdalena knapp-menzel: in kenntnis der traurigkeit fröhlich zu sein halte ich für den größtmöglichen lebenserfolg.*

716) **aber nun** wollen wir unsere leser und leserinnen noch ein bisschen neugierig machen auf den mit großer wahrscheinlich-

---

^xvgl. den comic von thomas von steinaecker und barbara yelin mit dem titel *der sommer ihres lebens*.

keit im jahr 2021 erscheinenden zwölften band des verwicklungsromans. er wird in der vergangenheit spielen, also ausgehend von jahr 1991 sich vermutlich bis in das jahr 1993 erstrecken, die jana weiß so ungefähr, was da alles zur sprache kommen wird und freut sich darauf, es zu papier zu bringen und sich in der eigenen gemeinsamen vergangenheit zu verwickeln. der zwölfte band wird aber auch in der gegenwart spielen, nämlich in der gegenwart des jahres 2019 und 2020, weil das die jahre sind, in denen er geschrieben werden wird. was in dieser zeit passiert, werden die jana und der naz erst wissen, wenn diese zeit gekommen ist, denn, ja, die zukunft kennt man immer erst, wenn sie zur gegenwart wird. die jana und der naz hoffen das beste für sich und alle leserinnen und leser sowie für die ganze welt inklusive atmosphäre und trabant, man könnte auch sagen für das ganze universum, punkt und punktum. der frühling kann kommen, sagt die jana, ja und prost. biertrinken ist noch immer eine tätigkeit, die der jana und dem naz freude bereitet.

Ilse Kilic
Geboren 1958 in Wien. Bewohnt gemeinsam mit Fritz Widhalm das Fröhliche Wohnzimmer (www.dfw.at).
Veröffentlichungen zuletzt: „Das Buch, in dem sie Kontakt aufnehmen" (Ritter Verlag, 2018). „Du siehst ja immer noch ganz gut aus. Ein Comic über die Freuden des Älterwerdens", gemeinsam mit Fritz (Das fröhliche Wohnzimmer, 2019).
Fritz Widhalm
Geboren 1956 in Feichsen, Niederösterreich, seit 1976 in Wien.
Veröffentlichungen, zuletzt: „Die Welt passt uns nicht" (okto.tv, 2018). „Ich rede schon wieder", gemeinsam mit Ilse (Parasitenpresse, 2016).
Ilse Kilic und Fritz Widhalm betreiben gemeinsam „Wohnzimmergalerie und Glücksschweinmuseum" im 8. Wiener Bezirk und senden alle 4 Wochen auf okto.tv die „WohnzimmerFilmRevue".

In der edition ch sind bereits zehn Bände des Verwicklungsromans erschienen. Die beiden Hauptfiguren Jana und Naz sind ihrerseits mit ihrem Werk „Reise in 80 Tagen durch das Wohnzimmer" in Erscheinung getreten (Das fröhliche Wohnzimmer, 2004).